U0661245

读诗

大匠的构型

2017年 第二卷（总第31卷）

主编：潘洗尘

编委：叶永青 宋琳 赵野 树才 莫非 耿占春 桑克 雷平阳 潘洗尘（以姓氏笔画为序）

长江出版传媒
长江文艺出版社

图书在版编目（ＣＩＰ）数据

读诗·大匠的构型 / 潘洗尘主编. -- 武汉：长江
文艺出版社，2017.7
ISBN 978-7-5354-9767-3

Ⅰ.①读… Ⅱ.①潘… Ⅲ.①诗集 – 中国 – 当代
Ⅳ.①I227

中国版本图书馆CIP数据核字(2017)第139073号

责任编辑：沉 河   责任校对：陈 琪
封面设计：天问文化传播机构   责任印制：邱 莉　胡丽平

出版： 长江出版传媒　 长江文艺出版社

地址：武汉市雄楚大街268号　　邮编：430070
发行：长江文艺出版社
电话：027—87679360
http://www.cjlap.com
印刷：哈尔滨经典印业有限公司

开本：720毫米×1020毫米　1/16　印张：16.125　插页：4页
版次：2017年7月第1版　　　2017年7月第1次印刷
行数：8230行

定价：39.00元

版权所有，盗版必究（举报电话：027—87679308　87679310）
（图书出现印装问题，本社负责调换）

目录

被抵押的日子（10首）

黄礼孩

被抵押的日子

木栅延伸，旧生活长长的影子
像海浪在民国之前晃荡。微信上
耽溺于幻想的人，他早已遗失了
过去的游戏和四处生长的生活
湿地消失，教堂被毁
这一切置在猛烈的阳光下
鸟鸣加深了它的阴影
生活是一条没有归途的路
那些被抵押的日子充满了敌意
它正向我们追赶而来
所有的影像调成静音的电影
放映着灰色鹅幻想茉莉的画面
那从镜头里走下来的兄弟
亲切又陌生，他有被爱的需要
隐身的暮色，爬上他人生的山坡

条纹衬衫

风尝着未知的灰烬。就此别过
一个囚徒被押往徘徊之地

凭什么去解开生活的纽扣
疑问是条纹衬衫
穿在身上，像一个从污水之河里
上岸的人，蹚着水。这包裹的水纹

渴望阳光猛烈地折射生活
阴晴不定的游戏
为躲开谜底而涂黑这个世界
一只病虎，轻盈如蝴蝶
没有蔷薇之园可穿过，它提着镜子与灯
寻找一件边缘潮湿的条纹衬衫

世界需要新的编织，需要绣出爱的颜色
却从不脱下那件死亡的衬衫
猫头鹰躲在口袋里，幽灵一般的视像
随时把命运带入不祥的黑色梦境

风吹草叶参差不同

一棵树，它必须钉在土地上
风踩着叶片也可以去到云天
进入挪威，生活奏出婚礼的节奏
伤心的人，他要躲进另一个时辰里去
生活的文字，分配给诗歌的是如此稀奇
它却用最少召唤出无限
就像联想的波浪一浪高过一浪
冲刷阴影中的泪水流动，闪烁着起伏
我们生来不仅仅四平八稳活着
欢爱时，也要看到风吹草叶参差不同

两只蝴蝶在交谈

一朵云呼唤另一朵云
它们对接成花朵盛开的形状
两只蝴蝶在抽象的图案里嬉戏
从瑞典到挪威，云朵下的边境
防线消失在大海般的黑森林里

我们丢掉了旅行指南
好奇心鼓励了我，隐入繁花浓郁之处
试图听出翅翼优美的昆虫在关心什么
人们在此愉快畅谈，没有人想起
两棵树之间是否躲着幽暗的密探

在阳光疏朗之处，我抒情诗般呼吸
生活把我引来此地，时间在打听
所见未见的玫瑰，绽放人性的欢笑
半梦半醒里跨距间的倾听
就像心灵之内有一个对话的他者

对此，我深信不疑
这个相互允诺的时刻
两只蝴蝶之间的交谈
不存在被隔开的空白

星空

秋天的单簧管越来越繁复
停顿或联合，将天使与撒旦带入梦境
这似乎不是一场游戏中的喜剧
你爱的人动身离开多年的城市
厌倦了旧地方，却也没有爱上新住所
新的野蛮横穿大地，到哪里都听见忧伤的歌
年年开花的柠檬树遭遇了果实的遗弃
在风中，于水里，那些往昔的安逸之地
随风的东西被刮得七零八落，生活比蒲公英
　　还轻
在更小的夜，你想你的星，它或许在北极
或许在南极，但不在你的呼吸里

夜气

时候尚早，足够我们去
凝视每一样深不可测的事物
直至它在内心变得简约起来

黄昏之后，夕阳的消失宣告了
我们对逝去的一切心存残缺的怀念
叶子在洁净的夜变得越来越冷时
我忆起父母，他们像黝黑的影子
在劳作，直到静谧的下弦月照亮

夜深，水的流淌像植物的薄纱
它托起一座山庄，身体的牢房
此时被打开，草木散发清香
一个生灵呼唤着另一个生灵
每一个都在相互倾听，带着看不见的气

古老的夜晚经过教堂
高墙之上，梅影斑驳，无知，无邪
我们交谈，面庞变得清晰起来
夜气带来群星闪烁的天赋
像未唱出的歌留存到明天

看不见的鸟

时间盗走的没人看见
替岁月辩护的赢得了一场梦
宛如葡萄藤触丝的影子
有风雨的气流经过，却没有伤害到它
小昆虫神游在低矮的灌木丛
一只看不见的鸟掠过
它的味道不是我们熟知的一切

我想更多地收集它们的气息
可大地唯有香气不需要储存

丢失

岁月被磨损的部分
在脱落，像花瓣
落在泥土上，它的花纹
在余光中献出逝者的秘密

蜜蜂不是为蜜而飞
花朵却为果实死亡

岛屿

我们常提到无人居住的岛屿
它是大海光中燃烧的婚床
歇息不需要在床上
就好像岁月可以不在日历里
我们还说起，湿润的肌肤
闪耀着心神不安的来访者
树林里白色的雾已散去
倒影中的旧灯塔隐约可见
它是大海站在岸边的一注泪水
不再说话，专注海鸟用小脚
一点点在沙滩画出的地图
我确信岛屿是你召唤时的回声
那些香料和珍珠可以再一次丢弃
凡是有气息的都与你一起欣喜地歌唱
羊角叶肆意的生长已揭开一角
鲸鱼向上的喷泉竖起另一个水的形体
荫翳移动，未完结的生命
如斜向海面的椰子树，悬浮的果实

倒映到水里，细小的波纹像极了贝壳
此时，没人知道，如桨之翼扇出的风
与沙子、鸟翅、风帆，还有植物一起旋转
它们是自然放养在别处的野马
它的鬃毛，在黄昏的夕光里辽阔地疾飞

回忆不过是植物的泪水

黄昏，一个忧伤的神
在不远处破碎地歌唱
用不了多久，海平面的光线
就链接上星星的光焰
我看见海风停留在木麻黄树上
那些细小的叶尖涌出的液
混合着大海的腥味，奔腾着
在一个叫下洋的码头
我与一位少女相遇
如今我坐在沙滩上冥想
怀念如绿光燃烧的香蕉树
砍过之后又长出新的
纯真的时刻如此短暂
回忆都是植物的泪水

时间表：2016（20首）

何小竹

回来了

你好，高更先生！
哦，你好，邻居。

高更先生缩着脖子
表情有些忧郁
邻居却是个大块头的女人
黑亮的皮肤，饱满的乳房
显得喜气洋洋

这是在南太平洋的
一个岛屿上

想象高更先生

要是在日本，另一个岛屿上
他的邻居是一个小乳房的
雪白皮肤的女人
弯着腰，神情忧郁地
守候在黄昏的门前

回来了，高更先生？
哦，邻居，我回来了。

那么，高更先生的表情
还会是忧郁的吗

旅行

从云南到四川
经过一些县城
小镇和村庄
以为旅行是一种解脱
没想到
也是一种厌倦

关键是，没有新鲜
所有风景、故事
都不在意料之外

酒也是，不想喝了
一杯可以，两杯还行
喝上三杯，万念俱灰
在旅行的中途
唯有睡眠是渴望的

看窗外，再好的阳光
花朵，也兴奋不起来
鸟叫更是让人心烦
尤其四川的鸟

一次事故

这不是一次事故
他沉思着，想要解释
但很难，不是羞于启齿
而是无从表达

其实是没有任何问题的
他终于说出来
都是心理上的，总是

想得太多，有恐惧

那么，现在这样
如何？是不是舒服一些
嗯。然后又是沉默
这次不像是沉思

十株玉米

我在屋顶
种了十株玉米
我的想法是
今年可以看着玉米长起来了
而去年，同样的位置
我种的是番茄
那么，明年你又种什么
我想了想，明年
可能种几个土豆
或者，还是玉米
看情况吧，明年的事
现在怎么说得了

屋顶上的桃花

屋顶上的桃花开了
我想起了李万峰
他去年将自己的诗编辑成册
取名桃花，在网上销售
我曾经为他这部诗集
写过赞美的话
我说，李万峰在攀登一座
诗歌的高峰，如果

这座高峰有7000公尺
那么，这部桃花
已到了4000公尺之上
可喜可贺
要知道
成都的海拔
才300多公尺

夜深沉

又回忆起一些细节
中途抽了一支烟
你接一个电话
我猜出是谁
于是又抽了一支烟
这次抽得有点猛
站在地板上
你比想象的高
后来就听见隔壁房间
有人放音乐
你问是什么音乐
我说，是京胡曲
夜深沉

气息

一直很疑惑
为什么会是这样
今天终于有答案了
就是气息问题

气息不对

再怎么说
都不对

外面在下雨

外面在下雨
但外面的鸟儿依然在叫
雨水让人裹足不前
并理所当然的
待在家里耍手机
他说，想要这雨永远下下去
是不现实的
下一天算一天吧
雨会停，但是时间
像他说的那样
永不停歇

突然

突然，我感觉如此寂静
这时候做什么都是多余的
我控制着自己，几乎是
屏住呼吸
躺在这寂静之中
让大脑保持一片空白

何先生，那首诗还记得吗
僧推月下门
野渡无人舟自横

某件事

其实，把想说的话
全部删掉
一点问题都没有
剩下的仍然是
你想说的
比如今天吃晚饭的时候
我还在想
对某件事
要不要那么期待
后来回到酒店
又想了一下
还是决定
算了，删掉吧

暴雨

有的人，或有的事
怀念起来就感觉到它们
不值得怀念
我就要离开这个城市了
今晚十点半的飞机
一切都按部就班
并在按部就班中躲避
内心的勉强
如果硬要说我还怀念着什么
我怀念前两天的暴雨

无花果

我问

花在哪里
她扳开果肉
让我看
花在里面

时差

地处太平洋时间的
加州，萨克拉门托市
身体的反应仍然是北京时间
以至于不知道自己
此时犯困是否属于正常
急忙查看北京时间
现在几点了
其实对于眼前的时间
也经常需要通过手机去换算
并在换算结果上多加一个小时
（现在是美国夏令时）
这显得很不方便，所以
昨天我就去买了一块手表
戴在手上
当睡不着的时候
先看看手表，4点30分
再看看保留在手机上的时间
20点30分
心里一下就坦然了
这个时间，睡是合理的
不睡也是正常的

加州1号公路

我告诉达恬地

早年我写过一首诗
叫"桉树的味道"
达恬地说，他记得
他还翻译过这首诗
此时，我们正行驶在
加州的1号公路上
公路两旁
是散发着浓郁
桉树味道的
美国桉树

小约翰镇

其实，并不确切知道
这个十分靠近加拿大的美国小镇
该怎样用中文命名
johnson, vt
江森，这是对johnson的音译
vt，是佛蒙特州的缩写
就像sf是三藩市的缩写一样
但在汉语翻译的习惯上
johnson即是约翰逊
johnson，vt
即是佛蒙特州的约翰逊镇
而我们的美国朋友告诉我们
这个约翰是另一个约翰的儿子
即小约翰
接下来的时间里
我和吉木狼格
将我们居住的这个小镇
称为小约翰镇
在朋友圈发帖的时候，便这样写：
"下午，一些美国居民
开着车来到小约翰镇

为的是坐在草坪上
一边吃热狗和爆米花
一边欣赏一场露天音乐会……"
或者，在自己的日记里写下：
"在小约翰镇，感觉时间总是过得很慢。"

飞越太平洋

吉木狼格在海滩上
昂首踱步的时候
我猜想他心里一定是豪迈的
因为他突然转过头来
说，我们曾经飞越了太平洋
听他这么一说，我也想
是啊，而且就发生在前两天
只是当时不觉得有什么了不起
因为那九个小时，我们
一直蜷缩在机舱的椅子上
不是睡觉，就是吃东西，看电视
也没机会往飞机的外面看
现在，站在海边，看着浩瀚的海平面
才一下觉得，啊，真的是
我们飞越了太平洋

英语

这里所有的人
包括巴西人，印度人
保加利亚人和新西兰人
可能还有以色列人
（当然更多的是美国人）
相互都说英语

就我和吉木狼格
两个中国人
完全不会说英语
所以，当有人主动
走过来
和我们打招呼
一开始我们很高兴
嗨，哈罗，你好
但多说两句
就无言以对了
到后来
只要发现有人
准备走过来
和我们打招呼
我们就会感到紧张
吉木狼格说
面对英语
我们像两个傻瓜
嗯，我还补充一句
是中年的

作家不怕下雨

这个小镇本来就冷清
连下三天的雨
就不仅仅是冷清，而是
有些凄冷了
包括今天是星期二
小镇例行的露天音乐会
乐队仍然在台上打鼓和嘶叫
但下面观众寥寥无几
这与我们刚来小镇时遇见的
不一样，那一次没下雨
但我在想，下雨了

为什么还要例行公事呢
歌手们在台上要是看见下面没人
情绪是会受影响的
这跟我们作家不一样
作家写作的时候最怕旁边有人
对面站一群人更恐怖
所以，应该说来
作家是不怕冷清的
自然的，作家也不怕下雨

铁皮屋顶后面的那棵树

我看了半天
铁皮屋顶后面的那棵树
不是桉树，也不是榕树
但跟桉树和榕树很像
树的后面是云
很亮的云
铁皮屋顶反射着阳光
也很亮，并且刺眼
我就这样坐在台阶上
一边抽烟
一边看着铁皮屋顶
和屋顶后面的那棵树
计算着距离回国的时间
还有多少天
真的是归心似箭

在美国做中国的梦

第一次梦见的是重庆火锅
第二次梦见的是面条

不清楚是重庆小面还是
成都牛肉面
有点模糊，其原因可能是
根本不在乎是什么面
是面条就已经值回这个梦了
要知道，在中国的时候
我从不做这样的梦
太庸俗了

喜鹊的眼睛（12首）

哑石

青年

痛是什么感觉？最好，用这问题
问问官员，问问专家、教授也成。
天花乱坠的事他们干得多了。
别问我，别问雾中穿成蚕蛹似的人，
我咯痰、渗血，不敢随便发言。
青眉少年到处都有，再长大一些，
就是跟前这胡子拉碴的街头青年，
没工作，用U盘下载一地星光和
几部粗糙毛片。此刻，他用军工刀
将椴树割开一道口子，看树液
如何比自己更慢、更白。痛是啥感觉？
我知道树的回答，比数据链更无聊。
飞飞叶子，吹吹气球，抹点盐，

明明你眼眸里，横亘一根滚烫的铁签。

2016.1.5

喜鹊的眼睛

就这么个人，诗，为她装上喜鹊的眼睛。

天生长尾，但如何用它扫出一片
粼粼波光呢？远处电塔倒影，
没有谁，能破解这倒影上光线的
碎裂，破解遥远飞羽为何与
自身直角相倾。作为钢铁企业

即将失业的职工，天天为儿子做饭，
操心儿子的孤独学业和身体；
交社保，维持着琐碎但不间断的
人性。她，对离了婚跑销售的
前夫不太在意，对疯川普能否
当选美国总统更不感兴趣。
可以说，她能向社会输出的技能，
别人赠与她的，都相当陈旧。昨晚，
她看电视剧，上床前，进厨房，
从冰箱里拿出一捆竹笋，可能
被防腐剂泡过，现在该放进清水里……
盖上被子的时候，一朵回忆的
云似是而非飘过，她隐隐闻到
石楠花的气味，并顺手关掉了手机。

这么个人，清晨，请为她装上喜鹊的眼睛！

2016.3.27

低俗广告

他，不是个单独而深沉的人。
广告公司名为"红蚁"，
他曾带一帮小兄弟，桨击出
市场漩涡，被某些后辈
誉为妙手，或者反营销奇迹。
只有他自己知道，那一次，
别人都挖空心思，唯有
他，善待了心思中无的山岭。
尢明，真不同于惯常的污名，
仿佛有一根纯银拉链，
将其塑形为灵长类多毛胸襟。
是的，他，只是悄悄把
拉链从胸口向下拉开了一寸，

却不做任何说明。四月了，
树木将一层层新叶，举过
公司这三层洋房屋顶，
树梢上，偶尔歇落一只灰鸟，
随树梢摇晃，也把自己
荡漾成一朵绿色的云；
有时，他会同意艾略特所说：
四月是最残忍的月份，
但，又不打算完全赞成。
他定义自己是众生的门客，
众生，却隐形于挣脱众人的
眼神，这需他细心挖掘，
像从山势里挖掘矿脉沉睡的
梦，从汽车引擎轰鸣中，
挖掘出原油不燃烧的咝咝声；
许多次，他，挖掘自己，
同事下班了，这间独立办公室，
酝酿着一层薄纱般小神秘，
每个漩涡，投下了旧得簇新
的影子；就在这里，他
想起许多次，夜半，因为
失眠而起身；人一生中，
由于无意泄漏了秘密而心生的
歉意，正是此刻的歉意：
俯身吻妻子熟睡的脸，触唇
一片微凉；夜很深，很深，
某种活跃的意志，翻检着
银河河滩上蓝得发亮的鹅卵石。

2016.4.22

那人

那人，夜半失眠，起床来，

欲诗。严格讲，这只够从虚无中
移出一小团晦涩的物质，
只够筑基一条湖畔柳堤。
游人，在湖心浮沉。
星光如果在，便可翻开夜空
无性繁殖而深阔的书籍，
书页上，一些实体用震颤
留下镂空文字，你，哪里
读得懂？！一如白昼里，
柳丝因闪烁的垂压，
竟将风的膝盖戳进了沙坑；
仰起脸，浩瀚之星光
实际上组成刻画圆穹顶的
笼子，关饥饿的历史、
肝脏的噪音。关于暴力，
关于人类设计的对暴力的制衡，
以及制衡菌生的新鼾声，
龙蛇起舞，过处灰烬；
那么，向睡前刷牙后口腔里
残留的清新学习，她
骂过恶政此刻暂时闭了嘴；
更向洗手间幽暗的镜子学习，
不懂遗忘却是"遗忘"的
好老师，折叠了浓淡
影像、事物睡眠的沙沙声；
别处镜子也如如照着你，
仿佛诗行间一记扇出的耳光，
直接，无枝桠，葱翠，
瞬间，把一切涌动吮吸干净。

2016.5.21

果皮箱

这揉皱的纸巾，扔进垃圾桶。
在公园，譬如成都活水公园，
垃圾桶也曾叫果皮箱。垃圾分类，
说到底是个环保问题；人群，
被分成各阶级，或是否觉悟智慧，
则包含了某种激进的视力，
虽然，暗夜萤火，中世纪灵修院
干渴的修女，都曾隐隐支持。
蜜桃细绒毛的皮，适合于撕；
青李子翠绿含霜的薄衫，要掀掉，
则考验着刀锋抿嘴的细致；
说到底，黄昏西天大片的晚霞，
也只是某只巨大火龙果削下的一条
带血果皮。夕光掩映的公园
小树林里，她，和偶遇的他，
一个保姆，一个家装熟练技工，
如山影间夺路而逃的溪流水草下
偷欢的螃蟹，刚刚品尝了酸甜、
致幻的水果。此刻，精液
裹在纸巾里，像揉皱的微腥之国。
晚风，敲打着看似无言的树叶，
走几步，就有果皮箱，可以扔进去。

2016.8.28

她

踊跃如蝶，融资市场上套利。
她对劳动的理解有点特别。
她敏感于首都某机构的各种
传闻，如筛孔精确的筛子，滤掉
各种颜色的海浪，留下一缕湿；

这缕缕潮湿，会浸润她精心
收集、整理的表格数据，使其
隐匿的危险，树叶叶脉般显形。
她的人生态度，颇清晰健康，
以扎克伯格为师，准备生养
恰当数量的子女——如果
财富能真正自由，她，会将慈善
做得特别彻底：未来的墓碑，
只需刻写干干净净"孤独"二字。
当然，也可是别的什么词语，
可以更具中国特色。她父亲，
一个壮年时只知挖地是劳动的人，
现在，学会了用单反记录
女儿的身影。他不理解女儿的
翩跹，觉得手中镜头黑洞洞的，
而且不是黑白对比中的黑；
有时，他为女儿工作的神秘
感到骄傲，那骄傲，簇拥梦中
发光的礁石；有时，他也为
自己搞不懂浪的秘密，暗感无趣。

2016.8.31

朋友

朋友，你有强烈的诗歌意志，
想把一串火花，焊在文字刻痕里。
但清晨薄雾不同意；那滴蜜，
秋日木架上，斜刺里硕大喇叭花的
化盅里一滴蜜滚劲着，不同意。
你是藏区一间小学校的汉语
语文教师，你说你必须这样干——
仅凭一己之力，在这人迹罕至之处，
硬生生把这间小学搭建起来，

并在每面墙上，涂满海洋的蓝色；
孩子们，皮肤黑红的呼语者，
喜欢你眉眼，像喜欢他们没见过
的潜泳的鲸鱼；更具体的，
你左手掌心祈祷时偶然扎入的
一根木刺，已发黑，还扎在那里，
时时会带来矿脉一般的疼；
你和孩子们，如秋蜜爱着冬蜜，
爱着花盅里隐然而在的东西。
无论如何，我们的交谈主要还是
围绕着诗，但我不知该不该告诉你：
这个大时代，写坏了的诗，
和写对头了的诗一样多，甚至
更多，毕竟文字，当它意欲
称量空中血丝身世，就颇艰难，
即使，你有雪山狮子般清冽的意志。

2016.9.8

微雨

微雨渐渐，已下了大半天了。
道路新鲜，树叶正慢慢锁住一层薄光，
每片树叶，都像轻覆着一枚镜子。

从窗口望出去，雨丝皆直直地下。
不管用我刚睡醒的眼睛看，
还是用苍蝇的虹彩复眼，都一个方向。

雨滴，出白云团渐沉的汇聚。
突然想去学散打了。三十多年前，
大成拳的训练，曾让我身手快过思考，

任侠而野蛮！现在我是个市民，

多年无视山河政治，多年匍匐，已经
让我肚腹，缓缓隆起一个椭圆。

时光把一些亮封存在别的事物里，
晦涩，几乎不可触碰。但愿，
我看它，不是以肚腹隆起坟茔的方式看。

雨丝在窗外直直下，脱轨于你
律法的眼睛。真该好好去学习下散打了，
驱散中年臃沉，鲜活涌泉的肌腱。

2016.5.22

侍奉

曾经，写字，我视之为侍奉
神秘的运行。解决掉的
小问题是：夜半起床抽烟，
星星被比喻为尚未燃尽的烟头，
闪烁卧室和南方幽幽断指；
或者，驱车数千公里，
去寒风管制的谁谁谁坟头，
献上一株红山茶，如在
沉雾的梦里但其实不是梦里，
她叫林昭，还是叫萧红，
取决弯腰时不同角度的唏嘘；
多少年来，你乘坐校车
往返于两个舌尖涂着金粉的
山雀型校区，默念修辞，
也抵消不掉车行崎岖的事实：
漏斗山水，词语如沙漏出，
陷身于一场腥热的淤泥。
"黑，黑呀，血管里的墨！"
如果可以自嘲，可在

沙上写字的同时，幽默
虚空和缝隙，则不会反抗
重描如此句子："墨水，
哦，墨水，足以用来哭泣！"
事实是解决掉问题本身将成为
问题，那些清晨的牛奶中
响铃般发出追捕令的人，
眼睛，已炼就两副透明蝉蜕，
一副送给你，像曙光
伸过来的手铐；另一副，
水中，精巧如水母的微醺，
用于"自我"，向着羞耻逃遁。

2016.5.15

南山之阳

人们喜欢窗浮光影，泼上温暖
流汁。那宣称看透背后逻辑的虚无者，
可暂时称之为绿树腰上的疖子，
或者恩雅·马克思。其实清早，大约
有一个时辰，她都裸身背贴着你，
细微绒毛的美臀，邀约你进化论般
笔直反映。契约之雾，离窗口
两个阶级远的地方，比树枝颤摇得
更为迷糊。再隔一阵子，我们
将清点好手边琐碎、沉默的物事，
露出文身，吃下边缘微焦的煎蛋，
成为星辰引力搬运工。看吧，
邻居绿树掩映、波浪微微起伏的
窗口，正好飞来压舱石般燃烧的石碛！

2016.2.23

恍惚的绝对

午后，慵懒。想思考的事没有进展。
干脆下楼买烟。穿过小区树荫，
三次，左拐接绿道右拐，望见一扇大门。

我不会自恋到赞同你说我是隐士，
抽烟，毕竟已暴露恶习。

一个人，虔诚地经历生死，甚至遭遇
奇迹。这，不是啥了不得的事。
不过，仔细想想，也还是有点惊天动地吧。

困顿之体忽忽新矣。想思考的事，
开始用水晶的几何结构凝聚潮湿。

那乱跑又忘情的事多么美！
买烟上楼回家。电梯口，遇到一对母女，
母亲已没腰身，小女儿葱绿三岁。

女儿笑盈盈说，"叔叔，要排队。"
电梯轿箱嗤嗤响，施施然上下来回。

但它，不是理性清澈的疯汉，
水晶的笑意是。我笑着和孩子排队，
泥壳般腰身，半个光锥，内陷，开始呼吸。

2016.3.18

丙申猴年春分仚后，与妻漫游温江近郊赏油菜花

我们在繁茂的油菜花地穿行。
金黄。春风金黄。

蜜蜂个小而勤奋，花浪微颤花柱上嘤鸣。

你，边走边给我讲昨晚的梦：
一群人，一群棋子般黑白鲜明的人正谈论什
　么，
鸡、鸭、鹅却彩色，于身旁游荡。
那个说话如敲钟的人，突然，将身一挺，
骑上一头鹅，呼啦啦飞走了……

"你在梦中朗笑，鼓掌，对大家说：
'这人，就是张果老呀'……"
等等，我也在梦中吗？张果老不是骑驴的那
　厮吗？

蜜蜂，不时会在耳廓极近处，悬停，
阳光细细摩挲着油菜花花蕊。
六根俊俏、挺立的雄蕊，非常对称，两根略
　低些，
它们，簇拥淡绿的二心皮雌蕊，
轻轻摇啊，头顶块块划艇状温热花粉——

我们继续，信任世界深处微妙的蕊。
春阳脱掉了我们外套，拎在手中，披在微汗
　的肩头，
旋转地轴的微颤，也仿佛被风嗅见。
你，继续讲昨晚的又一个梦：

一条江水，仿佛人世的苦痛不断上涨，
躬身水墨画似的群山里头。
某个人说：如果这江水有一丝丝回落，我就
　出家，
就在……就在水底的那座寺庙。
奇妙啊，话刚说出，江面就应声而落……

眼看着，寺庙的房脊大鱼般露出来。
"不知怎么，你又在旁边。还是鼓掌，朗

笑，

并说：'此寺，名唤灵隐，这个人，

就是它的第一任住持呀。若没

算错，此君，也是最后一个看见寺庙的人。'"

（那梦中开口说话的人真是我吗？

微澜与静墟。亮的皱褶。"我"和"你"。）

春风金黄，蜜蜂嘤鸣。我们继续，花浪中巨

  轮般穿行。

2016.3.20

蜗牛（19首）

余怒

出现

在房子里写作，
不由自主会写到
灰暗和阴凉。
房子旁边，有个水塘，
看得见塘底的石头，
蚕豆和豌豆开始挂果，
这些都显得很古老了，
像是常常被翻阅但
不被理解的永恒作品。
这并没有使我更孤僻。
我每天走出房子三次，
以保证人们能看到我。

算得上美好

常常有长腿鸟儿
飞过屋顶，每次，
我都伸头看一看。
碰到书中夹带的性描写，
我也津津有味地看一看。
两相比较，说不上更喜欢哪一个。
我家小阁楼上，有一把
旧的雕花木椅子。有时候，
我会上去坐一坐，
抽支烟，想想事。这应该算得上美好。
而窗外无花果树笔直的寂静，
也如我服药后的心情。

不可见的

此刻安静表示：
时间将在早晨
追上我们。
在窗前，我轻声说：
"谢谢光。"它使这个房间
扩大了一倍，却仍然
保留了一些东西。
那里你站过的地方，现在
是一个空洞（还在移动呢）。
我看不见它的里面但
触摸到它的边缘，就像把手
放在裂开的带刺球茎上。

午夜波澜

在书架前，
放下手中的书。
换一本新的，也只是
随便翻翻。
这么多藏书，没有一本，
可以衡量我的损失。
楼下的人早睡了，呼噜如
海豚。我也只得躺回到床上，
无奈于一天睡眠的必需。
知道我是时光出现于此的缘由，
也知道某一日伴随其消失的必是我。
有人隔墙说话，整夜骑着鲨鱼。

试图描述

黑暗中，一个女人

的声音说：晚安。
她的身子（扭动着）也像是在这样说。
撞到一件家具，将其撞倒。接着是
另一件。或者是在拉抽屉。
安静仿佛与一个
圆锥体相互作用，
产生更不规则的安静。
她站着，被很多
丝织皱褶一样的东西环绕，
如同陀螺，被不确定性环绕。
她说晚安，向后倾倒，并且旋转。

旅客

一个秋日午后，
我坐在码头上看书。
一艘轮船因故障停泊。
几个男女倚着船舷，笑着望着我。
多年前，我也坐过轮船，也那样
注视过码头上的人们。
为同时存在而相互惊奇，
按捺住不喊对方。
来之地和去之地，漂移变幻。
我从不为身在书中还是身在
现实中而为难自己，觉得哪儿不对劲。
永远都有不知身在何处的恐惧净化我。

涟漪

池塘里，
房子的各个部分，
被拆散，顷刻又恢复，
像是另一所房子。

我想到它在我的眼中以及
本是物的我在别人的眼中
莫不是。（有一个
脱身独自运行的心脏。）
高高的枫树上有鸣蝉，
自然予忧郁以广大宁静，
像晚上的吹拂，
第二天成为我的作品。

四维鸟

身边的朋友，
一个个逝去，
夜里，他们一个个又回来，
穿着大他们一倍的旧衣服。
雨天里的幻视幻听：
枝枝丫丫一团绿。
想象一只四维鸟，
坐在你的对面，
卸了翅膀，赤裸相对。
戴上特制眼镜，你才能看到它。
它使用它的语言鸣叫，你使用你的。
叫它上帝。并相信这一次这个上帝是真的。

仿象征诗

在早晨写诗，
不被约束。
在黑暗的小屋，
被关了三天之后，
随意回答屋外的一声
没有含义的喊叫。
自塔尖向四周，早晨在继续展开——

失去飞之能力的孔雀，
在视觉上继续完成身体。
我在诗歌中，
像微风在透明中，
类似一种柏拉图。

一隅诗

醒来后，
下了一阵雨，
由此而知：静之极限。
趿着塑底拖鞋，在卧室里，
吧嗒、吧嗒走动，
想以此告诉隔壁的人，
这不是一个空房间；另外，
有人活着。
（仅仅让人获得
"在这里"的感觉。）
知道什么是静之无垠，
在其中如光线一般潜泳。

星空下

支撑头顶群星的，
圆柱一般的、恒定的，
傍晚和它的暝色，
有如一种自我，
对我们关闭。
想起我们年轻时
所记录的痛苦——
夏日沙漠
的磁性和无穷性，

像明亮一样开阔，
像早上窗前的男人，
站一会儿愿意继续去睡。

我们世界里的秘密存储

夜里，走在两旁
有石榴树的路上。
系了一天围巾的脖子，
默然四顾时咔咔作响。
石榴绽开了。
空气中飘浮着
不同种类（形状）的孢子。
这些我们世界里的秘密存储。
我的快乐，我愿意找一只
什么动物来分享。只要它
有感觉，
足够友善，不是人类。

2016

比方说蓝色

我们总想知道
一切是怎样开始的。
她说："我有点爱蓝色。"
于是我们便猜测
那蓝色到底是怎样的。
身体对我们的损害，
艺术对我们的损害，
告诉我们怎样躲避。
她证明了：怎样制造

一颗蓝色彗星以吸收
整个地球。每个时刻。
每个时刻及其轴。

雪山巅

二月青翠尚虚弱。
垂榆树丛被压低在
乱岩路边碰着我们的额头。
沿山麓耸立的雪，整体
默默移动时谁也看不出，
以不损害我们的知觉为限：山顶
保持着清晨的完好无损。
我们始终在
鸟鸣的一侧走着，不是
因为害怕——这多么好。我们像
野斑雀一样交谈，以漫长无尽
的溪流传递幽凉的方式。

期待如抛物线

期待如抛物线。
那些你白天以为
忘记了的人，在
某个雨夜，与你
在走廊上迎面相撞。
你望着抛向楼下的
翻卷着的一件女式
衬衣所产生的想法，
犹如面对匿名之作。
"在石头建筑里，让我
迷茫一会儿。"当你走出来，

它在你的身后合拢。

小世界

两棵夹竹桃之间，
男孩在雨中跳舞，
他的伙伴，一个
鱼骨辫女孩，在一旁，
握着半个梨子哭泣。
如果在从前，我会
走过去，问问他们的事。
现在，我懂得了这何其残忍。
小世界，需要一定比例的安静，
需要大自然自己说"你好"。
树、房子、云朵，
和天空大地间的垂直感。

宇宙观

当我还是孩子时，
我想建设宇宙。
这当然可笑。
站在桌子上，往下跳，
为某种幻想做好准备。
这么对待生活，也很可笑。
想象一个人跳伞，降落伞
一时打不开，而天空
仍在无休止地飘落。
这可笑吗？不。这实在是
一种艺术：有多大的困惑，
建设多大的宇宙。

一个人时刻

那部分昏眩。
像婴儿刚有了自我意识，
在房间里无法描述。
清晨的感觉，是不可靠的。
往往要到半夜，小贩们收摊了，
城区的灯光熄灭大半，
你一个人开车来到郊外；下车，
在一颗无名孤星下，
对着路旁的草丛小便。
从倾斜成60°角的坡顶扑面而下的
一排黄杨树林，像来自陌生人的友谊，
而远处围拢过来，像老朋友。

不可追的

灌木在发芽、变绿。
那些脆弱已被忘记。
还有形体、颜色
更为持久的乔木。
一个从遥远的过去发出的，
从遥远的木星那儿撞回到这儿的
时光之涡旋——有人被它塑造
——一群女人，穿过竹笋林。
夜空对于孤独，
是一种原始安排，
在竹林间环绕一所旧木头房子
的敞开式长走廊上，我想拥有。

平安帖（18首）

秦巴子

在书店排队

一个纸筒
直立行走
时而跃动
跟我戏耍
店主人说
那是条狗

早上好

早上起来
习惯性地拉开窗帘

我希望阳光瀑布
习惯性地倾泻
窗下的花再过一会
就会习惯性地开放
我从未听到过花开的声音
只是习惯了低下头
让鼻子接近花蕊
我感到自己有话要说
在每个早晨
当我从花间抬起头来
阳光打在脸上
鼻腔里一丝酸痒
一个意外的喷嚏
砰然而出
在这个按照习惯开始的

新的一天

Eco享年八十四岁

在一个几乎不可能产生
一个几乎无所不知者的年代
一个人几乎做到了
只差一点点

如果再多些时间
一个人如果活得足够长久
能够做到的也仅此而已
只差一点点

美国不美

有个美国诗人
说中国人每天
出入于诗的门户
他指的是几乎
无处不在的对联
他很羡慕我们
生活在诗的国度
我想告诉他
我们的看法
对联不是诗
诗也不能成国
就像他在诗里
告诉我们
美国不美

桃花源

停车盛开的桃园外
不是为了拍照
不是想要撒尿
不是呼吸花香
只因看见桃花
突然想起一个地方
其实也不是一个地方
其实只是一个词
一个美丽的乌托邦

铠甲中年

膏药贴我右肩
三片膏药
封闭三个穴道
三片膏药
手拉手
肩并肩
像三个保镖拱卫着
我感到自己坚硬了
我以为自己结实了
可以写字了
可以挥拍了
可以打枪了
可以当将军了
可我最想干的
只是挠挠左边的痒痒
但那可真远啊
右手和左肩的距离
就像不能相看的
左眼和右眼
就像狗嘴和它咬不到的

自己的尾巴

只是声音，无关品行

干柴劈裂的声音
湿树枝拧断的声音
塑料泡沫擦玻璃杯的声音
玻璃被踩碎的声音
黑鸦鸦的天空中
闪电引爆闷雷的声音
电子科技处理过的扁平声音
流弹之声音
警棍之声音
声音自己撕开自己
的声音
以上乃我难以忍受之
九个喉咙
九条人舌
九片口腔溃疡
九种腔调
无论发出哪一种声音
虽然你是个好人
但我仍然不能忍受

牙

教政治的李老师
长着一口好牙齿
洁白
整齐
绵密
像他讲课一样

迷人
莫测
有深度
五十多岁仍然
让女学生敬仰
令女同事着迷
但他不玩暧昧
严肃如政治课
纯洁似白牙齿
李老师把优雅
保持到了退休
女崇拜者去探望
看到他的脸瘪得
就像老去的女特务
感到异常吃惊
但李老师很淡定
从容地戴上假牙
从容地开口
说刚刚在午休
拿掉了
睡觉更舒服

我黑我黑我黑黑黑

黑帮是怎样炼成的?
就是不断地黑
一直黑
黑不惊人黑不休
嘿咻嘿咻
白天不懂得夜的黑
自黑
互黑
黑暗料理
黑蚕到死黑不尽

一江黑水向黑流
黑人
黑户
白社会
黑到深处人自黑
黑漫漫其修远兮
吾将上下而求黑

挖掘者

在时光移动的速度
得到了控制之后
他决定朝另一个方向
慢慢地挖掘
现在他不用那么着急了
只要时光不那么逼迫
任何人的追赶
他都不放在眼里
大家方向不同
挖掘的速度就不重要了
他已经不关心其他人的速度
甚至有没有人都无所谓了
按照自己的心情和体力
他把挖掘的速度
定在了愉快这一档
然后埋头于工作
再也没有什么人
能够打扰到他了
在这种时候
虽然看不到太阳
但他能感觉到属于自己的时光
是那么干净
那么明亮

本来无一物

天空一碧如洗
透彻如同明镜
没有一丝云彩
有时候突然抬头
看见一鸟停在天空
像一枚黑色的钉子
一动不动地钉在那里
像一枚钉歪了的钉子
爬在纯净的蓝上面
一个逗号那样
停顿一会儿
一眨眼的功夫
消失得无踪无影
天空透明如镜
仿佛从未有鸟
从未有人看到

平安帖

在林间的环形路上
我走了一圈又一圈
通常一次走六圈
偶尔会走八圈
从来没有达到十圈
我也没有思考过
为什么没有更多
有时一圈没走完
我就回家了
三年来走了多少
我自己也说不清楚
这条路上没出过车祸
没发生过抢劫和强奸

也没有走失过宠物
这里树木茂密
道路曲折幽深
在这林子里
我从没写出过一首诗

镜像

从这扇窗望出去
什么都看不见
不是一无所见
而是所见皆无
后来我跑出去
站在窗外朝里看
这次看得真切
我看见我自己
在玻璃上朝外看
我和我互相看见
像许多诗被写出
既非常无趣
又毫无意义

赞美诗

我佩服毕其一生
追逐光荣与梦想的人
命运的宠儿会成为时代英雄
我更佩服
把人送到高处的伟大发明
磁力浮石、宏伟的舞台、消防梯
蹦蹦床、罐式提升机、光束天梯
弹射装置、风筝和火箭……

我尤其佩服
那些发明家和工匠
制造了这些有趣的东西
回到出发之地
他们找到了新的乐趣
打算一件件地拆卸这些东西
这是更能消磨时光的一种工作
面对铺开在面前
不断增多的零件与碎片
他们觉得又有事可干了
接下来的工程似乎更大
却并不复杂
那就是埋葬!
埋葬所有的发明
开始新玩具制造

复眼

是斜阳下的一场大雨
带来了蜻蜓
在小区的广场上
此前从未看到过
如此多的蜻蜓
它们两两咬尾
于交欢中飞行
从我身边一掠而过
在蜻蜓的复眼
和水洼的复眼
相互映照之时
我看见
我仿佛一个怪物
在两场大雨之间
挥汗如雨
走向第三只复眼

两个烟头并排站立

我一直无法做到
把半截烟
按在盘子里的食物上
敢这样做的都是狠角色
电影里经常见到
通常是在做了
一个断然的决定之时
有一种手起刀落的决绝
然后起身
头也不回地离去
那天我在餐馆里
看到了这样一幕
那个留在桌边的女人
望着他的背影
眼泪无声地滚落下来
端起桌上的酒杯
一饮而尽
失神呆坐片刻
点燃一支香烟
猛吸几口
呛了一下
缓缓地呼出烟气
以同样的狠
将烟头按在了
前一个烟头旁边
我已知天命
戒烟两年
很难体会她这个动作
所包含的复杂意味

乌云

头上顶着一片乌云
我知道迟早会下雨
没料到它一直跟着我
一片乌云也那么多情
要把雨下到我的怀里

午后两点乘253路

车里只有两个乘客
我和一个女人
下一站上来两女一男
下去一个女人
第三站上来两个女人
下去一个女人
第四站
上来三个女人和一个男人
下去两个女人和一个男人
第五站上三女下两女
第六站上一男一女
下去一个男人
我发现一个规律
车上的女人以算术基数增长
而男人是不变的
第七站我下车了
同时下车的还有两女
回身验证我的观察
上去一个男人和三个女人

纪念一个寓言（10首）

从容

情人节

孩子，我想把所有的玫瑰刺吃完
如果人生
可以给你最完美的花园

纪念一个寓言

我是一个不肯长大的女人
一生都在逃离爱情
在遇见你之前
我的眼睛被蒙上灰布
撞得乱云飞渡　我只是名字叫从容

今晚我将和你坐在摇椅上
成为你白头发的新娘
你写了云一样多的两个字
他们就给了我们天涯
我做了你的妈妈你的小姐姐

而你将为我一个人烧锅炉
在一座石头房子里
紫砂壶刻着我的名字，她和茶水
一起沸腾

有一天，我们都离开了这个世界
那只摇椅
被陌生人推动着
偶尔摇晃

减法

雨水淹没我的城市
雷电笼罩的楼房总让我
想到一个男人在雨中关窗的动作
暴雨、警报、紧闭门窗、与世隔绝
我开始删掉手机中的联系人

第一个删掉的是一位董事长
他的壮阳酒正大张旗鼓地上市
第二个删掉的是一位广告商，
他在酒会上说，他曾经也是位诗人
第三个删掉的是一位童星的妈妈
那孩子的笑脸比成年人更迷茫

据说人的一生会遇到2920万人
我只想在每个城市保留一个朋友
一千多个电话，我删掉了900个
已经离去的亲人，有时半夜醒来我还会拨号
电话的那头是一些陌生的男人和女人
死去多年的妹妹，她的QQ我一直没有删除
电视里的主持人拿着话筒焦急地报警
每个街区都有人正在失踪

殡仪馆王主任的电话
我考虑再三，决定保留

我去过的地方

我在米兰见到看手机的人
在热那亚见到看手机的人
在拉斯佩齐亚见到看手机的人
在尼斯见到看手机的人
在巴黎见到看手机的人

在神户见到看手机的人
在东京见到看手机的人
在大阪见到看手机的人
在银座见到看手机的人

在悉尼见到看手机的人
在墨尔本见到看手机的人
在布里斯班见到看手机的人
在黄金海岸见到看手机的人
在斐济见到看手机的人

在科隆见到看手机的人
在慕尼黑见到看手机的人
在柏林见到看手机的人
在法兰克福见到看手机的人

在维也纳见到看手机的人
在萨尔兹堡见到看手机的人
在比利时见到看手机的人
在阿姆斯特丹见到看手机的人

在香港见到看手机的人
在深圳见到看手机的人

他们在虚拟的世界里低垂着头

你为何不低头

第一次见你褪去衣服后的疤

那是从未在众人面前显露的
生活的另一面，你的另一张脸
用布遮闭，秘不示人
不完美的洞穴，被挖掉的眼睛

残忍地裸露在我的眼前

上天用这个黑色的疤提示我
你秘而不宣的悲伤
亲爱的，你连屁股都是悲伤的
不能和任何人说起，如同我们的爱情
你把悲伤坐在悲伤下
板凳与棉布磨损你黑色的童年

一秒钟前深情的凝视
转身，骨盆的黑色蜘蛛让我胆寒
我们都无法控制人类的善变
这黑色的幽默多么无奈，我不能
奉献你一个精湛的美容术
让她如你前额般光亮
我为你丑陋的疤痕哭泣

这一生，你是否把最难掩
最不可示人的黑暗
当作礼物送给了我？
亲爱的，你用几个世纪的仇恨
在身体上挖出这黑色的陷阱
如此狂野地引诱我此生一起陷入

亲爱的，我多么渴望
你黑色的伤疤
被我凝视时，成为我

早安

地平线发出无声的笑
孩子，你的世界属于一座红色的小房子
里面住着五个黑眼睛的美国人
他们围坐在老式壁炉前等待一只东方的孔雀

你的父亲脚踩在洛杉矶的地毯上
用开水煮沸每一个黎明
你四岁那年，一辆崭新的德国钢琴被抬进2栋
　　12B
他坐在黑屋子里，用烟草点亮一个街区

你抱着法国的洋娃娃，穿着迪士尼的T恤
认为生活本该这样

此时，你和蝴蝶结枕在他的腿上
他抱着她们，抱着这一生最大的奖牌
泪水顺着他发胀的脸滴落在太平洋上空的机
　　舱

清晨的洛杉矶上空，你父亲用咳嗽敲醒你：
天亮了！

神回复

友人请我去喝酒
我说：不行，我要去电台
他说：什么？你去哪儿？
我说：去电台
他说：我听成去天堂
我对他说：你才去天堂
他说：我真想一步到位。

在云端

我对手机说：爱情在哪里？
它回答：春天在哪里？

我问它：我老了以后，会在哪里生活？
它回答：真是一个好问题
我问它：你觉得我寂寞吗？
它回答：有人说过，
"一切伟大和宝贵的东西，都是寂寞的。"
就像你和我一样。
我问它：你想当我老公吗？

知果

她从大悲殿迈出来
身后跟着一只猫
穿过光影深长的回廊

她坐在阳光下
隔着寺庙的木桌
回答一位香客的问题

我和猫在偷看她
手机响了
她拿起，锁屏上写着四个字

"爱人有罪"

奶奶

你是小脚，一生只穿一种鞋，自己缝制
你的四寸小脚
从来没有走出过长春的斯大林大街
你每天四点起床
始终热爱这个世界，你叫王淑兰

但没有人叫过你的名字
"奶奶"是一种围绕我们旋转的物体：立着
　小脚
温暖，柔软，有白发
你每天为我挤羊奶
我是你捡来的孩子，一个叫咪咪的没有奶吃
　的猫
你是我的妈妈，你就是我的小木梳
我的幸福牌毛巾、我的矮小的桌椅

民国31年，二十九岁，你开了一间小肉铺
但是你不能杀猪、屠狗，你是回族女人
只有我能从你六十岁的脸上
看到你二十九岁沉静的大眼睛
你的裹腿布是黑色的细棉布
发出熟玉米皮的奶香

奶奶，
我曾无数次地想象你的那双小脚踏上了深南大道
无数次地想象你爬上了京基大厦100层
无数次地想象你的那双小脚走上了深圳金树大厅
无数次地想象这座城市的汽车和人流为你停下来
然而，你的一生走过最远的路只有六公里
从长春电影制片厂六宿舍，到回民墓地

那个男人（5首）

非亚

那个男人

那个男人是一个瘦高个
那个男人有一把铁铲
那个男人站在自己的花园
打算修理这些杂草
把它们弄得更美一些
那个男人出去了
开着车上班
那个男人抽一根烟
那个男人向空中吐出烟圈
那个男人有一个孩子
想着如何教育他
和他成为朋友
推心置腹地交谈

多好的父子啊
那个男人每天要拜见各种面孔
上司的
同事的
女性的
男性的
熟悉的
陌生的
年轻的
老年的
臃肿的
清瘦的
那个男人想有一把手枪
向一个假想的目标射击
那个男人太懒了

动都不动一下
那个男人喝一杯茶
思考一只蝴蝶
的飞翔
那个男人在桌子上玩一只球
然后让球
随便滚到角落或什么地方
那个男人坐飞机出差
或旅行
空荡荡的机场，候机大厅
等朋友出现
落地玻璃照着孤单的身影
那个男人下榻一家五星级酒店
你好
你好
开门
那个男人出现在洗手间
那个男人脱掉一切开始清洁自己的身体
那个男人出现在高楼的十五层
前面是一扇大玻璃窗
外面是夜幕中的北方城市
和一个动物园
那个男人打电话
在电话里哈哈大笑
忘了一些什么
那个男人喜欢到酒吧坐坐
喜欢那种沉默的
无声的氛围
那个男人打开一扇门
从一个洞口出去
外面的天空
湖面结了一层冰
那个男人围着一个巨大的湖
和朋友一起在午夜
不停地走
那个男人回来了

然后像一只甲壳虫重新开始每天的爬行
那个男人有一个计划
不那么具体，却难以实现
生活总是给他弄一些墙
那个男人眯着眼
观察街上的人
自己也是其中之一
那个男人在纸上写一种叫诗的玩意
从没给他带来什么
除了心灵治疗
那个男人没有宗教
不是一个教徒
想着有一天如果信教可能会好一点
没有人给他建议
这个只能，由他自己琢磨
那个男人喜欢把自己藏在门后
向外面观察
那个男人生活简单
最喜欢的食品是香蕉、鱼，和烤得很好的牛肉
蔬菜也不错
那个男人喜欢松软的面包
果仁
维生素丰富的果汁
那个男人喜欢电影
喜欢大自然
那个男人是一个环保主义者
反对资本主义的疯狂
那个男人对弱小群体保持关注
呼吁社会公平
那个男人喜欢社会、历史，与艺术报道
那个男人有自己的博客
喜欢上网
关心天气
忧心全球气候变暖
那个男人有一辆小排量汽车
他更喜欢自行车

如果城市足够小
那个男人宁愿步行上班
那个男人钻进汽车
然后像钢铁侠汇入马路的车流
机械的动作
机械的生活
那个男人从后视镜观察周围
那个男人有干净的手指
略显苍白的脸庞
那个男人停了车
从地下停车场上来
很快被夜色吞没
那个男人打开家里的门
里面有他的母亲、妻子，和一个儿子
那个男人的父亲去世已经多年
那个男人戴一顶帽子
和电视机一起
出现在卧室
那个男人通过电视、报纸、互联网了解世界
然后在深夜
听到内心深处传来时间"喀嚓喀嚓"的声音
那个男人需要朋友
需要安慰
拥抱
和心灵的交流
现在那个男人的周围是一些墙
和随意乱丢的物品
那个男人对面有一盏灯
在窗口外面
那个男人总是有很多等待解决的问题
上帝不会在白天出现
帮他解决
那个男人出现在一个溜冰场的旁边
那些少年与青年
旋转着
忘记了围墙外面升起的星光

那个男人
手插入口袋
离开人群喧嚣的街头
一个人默默地
向五一路走去……

走

在
其他人到来之前
我曾在
这里
站了一会

然后我
挪动
迈开脚步向下一个点
一个石头的
钟塔

我又走
离开
在一个陌生的妇女
到达我这个点
之前

我一直
沿着
这些街道
从这里到那里
拐弯
直走
又拐弯

然后我
停在那
一个几个人的公交站
汽车过来，一辆
然后
又一辆

没有合适的
我看了看
又离开
在一个人出现在我面前之前
我又开始走

日光
蓝色天空
阴影浓重的高楼

在听到一阵
尖叫之前

我带着一颗
密封在盒子里的
心脏

走来走去

我的想法是
不让任何陌生人
在这个下午
靠近我

衣服

（一件衣服就是一个人

一件衣服就是一段怀念）

上个月，在丽江
我买了两件衣服，蓝色，有白色的东巴图案
一个男工艺师在上面描画，另一个女的
给我试穿，而我讨价
还价，认为这衣服
可以再便宜点

衣柜里的，有一些我常穿
有一些，很少了，更多的，默默等待
季节的变换

我当然喜欢，洗衣机那种
低沉的鸣叫，水流的漩涡，封闭的黑暗
内衣和外衣尽情的
交欢

另一次
在朋友家，衣柜里一件衣服是两年前认识时
穿的
它挂在那里，仿佛在说
嘿，朋友

还有一次，在洗浴中心
更衣室里站着几个男服务员，而另一些
是全裸的顾客，我不习惯
在大庭广众下脱衣，但还是
脱了，另一个大房间，灯光
和雾气下面，是坐着
站立，或平躺的
裸体

有一天我睡醒了，仍盖着被子
衣服是什么，我很少考虑
这个问题

似乎它本就如此，应该如此
我依赖它，知道它是否美
却好像从未把它当作朋友
尽管它可以
给我温暖，遮盖
也就这一点

我们仍然厮磨在了一起

在河水上跨过了两岸，远处的
山峦，露出漆黑的轮廓
而对面，一座又大又严肃的医院
坐落在街道的一侧

没有任何窗口，能透出明天的任何
信息

一件将要……发生的事情

比如死亡，它太远了，但我还是
要自己小心，我把它当作一间房
也就是说，它是存在的
它看上去有一个门，一个玻璃窗
或者，楼板和屋顶，蜘蛛，爬虫
甚至蹿出来的一条
狗

一天晚上，我又坐到灯下，我
发了一条短信，但没有
任何回音，孤独是
一条绳，下垂着，死亡也是
它有一个类似可以
在风中，鸣响的
铃

乱七八糟的一些事情，我猜想它们
等着，从一个地方涌出，或者，分门
别类地出现，也或者
它们没走，一直
呆在那里，直到光线，把它们
变明变暗

就像现在，桥静静地

一种状况

当晨光照耀
新的一天开始
我又在大街上走动
我觉得这是一种非常好非常自由的状况
很多人也跟我一样
迈开双腿向前方
不停地走
树木作为见证者之一
舞动枝条
也想融入中间
但泥土
以及人行道上的砖块
阻挡了它们的想法
作为从一个狭窄的房间
一个围墙围起的
职工家属区
走出来的人，此刻
我迎着风
在蓝色的天空和阳光下
大步跨过面前的
斑马线
像那个埋头骑自行车的人
毫无阻力地
消失在远处的街角

西津渡

必须有首现代诗
刻在古石上

以便传承上
有突兀

像古渡口不在长江边
而在闹市

我也不要发髻
而顶蝴蝶结

云台阁不见饮酒的诗人

而闻热闹的脱口秀

允许我酒肆上坐一宿
梦回英雄的战场美人的闺房

蜜蜡姑娘

穿绿色长裙的蜜蜡姑娘
她的宝贝都是金色

春夏到了秋天

黑色波斯猫

亮着两颗金色的眼睛

走在罩着蜜蜡的
玻璃柜上

乌云流过满洲里的太阳

她说：
这是世上最轻的宝石

而诗人醉心的流萤和灯火
没有重量

无题

前天去医院
看了一位朋友

外面到处都晃眼
晃得头晕

昨天头晕
今天还头晕

躲在床上听雨
电话邀约周六摘金桔

我回说哪儿也不去
就听南方的台风北方的雾霾

如果天晴了
我就听室内的雨

然后静等

暴风雪的到来

好好做一场爱
再去革命再去投胎

写意鸟

它在枝上，在歌唱
不在它自己那里

我有它一致的目光和歌喉
我还有别致的空巢和空壳

风吹乱头发和衣衫
有什么关系呢

像你随手的写意
和这么一声轻笑

已过千条河
已过万重山

你再这么一回头
我就盖好红章

将盛世和英雄
一并挂墙上

一个世纪的冬天

写下一个冬天，我就丢弃了
它的年轻迷惑过我

写下两个冬天，我就忘记了
它的寒冷温暖过我

而一个世纪的冬天，它的
严酷、琐碎、孤绝、无望

冰雪覆盖大理石的
寒光

以一个老者的余力把它们
磨成利剑

杀向风车和逼过来的
死亡

大声唱——
蒲公英、芦苇花、雪茫茫

有诗

前天钓鱼
昨天看母鸡孵小鸡

今天放风筝、燃孔明灯
感受引力波

此刻删掉朋友圈
听校园广播

每一粒硌脚的石子
都有棱角

每一次不同的呼吸
都是永恒

这诗句的上行和下行
这长江的南岸和北岸

字舞鸽飞
有迹可循

……我把碎玻璃
砌成了教堂的穹顶

读诗标准

恋爱者的诗我不读
它们太腻

抽烟者的诗，我读首句
喝酒者的诗，我读半卷

赌徒的诗，我读尾节
失眠者的诗，我读一部

对在天花板上数星星的诗者
我读全部

并鼓动全世界的牛群
当听众

冬天里

候鸟已飞走。我会再次回到你的身边
会在干枯的河床或草地上待上整个冬天

要有太阳月亮陪伴
还要有风雨、霜雪陪伴

我依然会穿着厚棉袍
会打盹、会喝酒写诗

回忆天真的童年，安抚迟钝的晚年
心疼朦胧的偶像和他悄然定下的

墓碑——它
以沉默和黑暗传世

我还要寻找
中途走失的亲人

是的
如果你爱我

不但要爱我的眼神
还要爱我怀抱里的阳光和夜色

帐篷节观花海

没有太阳，只有灰光
这些花自己明媚

牵引我的目光
上看下看，左看右看

其实，我不想睡帐篷
只想醉卧花丛中

或者，为阴天的花海
举着蓝天和云彩

童话

童话里的小公主一身紫衣
她周围的光也是紫色的

我就想有这样一个小女儿
在紫光中奔跑

可我年事已高，不敢生育
我想借一个年轻的子宫

生一个小女儿
建一个小王国

世间所有的路

他在江上跑快艇
他在峰间走钢丝

我们走山路，说着话
听着自己的回声

突然就累了
突然就冷了

越爱越冷
抱了这么久

世界也没有改变
体温也没有回升

人类

每个身体里都有一个人类
灵魂里也有

或大于地球大于宇宙
或小于流沙小于尘土

但却是最好的
有最理想的标准照

绝不是眼前看到的
更不是你想承受的

原来还有美好的大气包裹它
现在代之以防毒面具和口罩

上帝啊
废船在沙滩上像鱼骨

失眠

失眠有无声星空的黑蓝
失眠有寂荡草原的红绿

失眠有一千只耳却听不到一声哭
失眠有一万张嘴却吻不到两片唇

失眠是无边夜色包裹的失水之鱼
等着数字不断增加的羊群来搭救

你不被听见的喊声
剪破夜色

剪破星空和草原
剪破耳朵和嘴唇

而失眠的羊群
将碎片还原

还原成一双血淋淋的手
和一张触目惊心的脸

光影亲吻光影

光芒涌入
树叶舞成枯叶蝶

她骑单车由窗下经过
风舞动光斑

明信片上的雪不在明信片上
也不在指下的朋友圈

它在去年的山坡上
经由消失的邮筒到你手中

光影亲吻光影
你亲吻消失的雪

一切尚好

风跑得快
抚摸事物的能力也很强

你比不上

但想象力可以

有人穿针引线
用现在补过去

阳台外月亮在落下
像亲爱的离别慢而不舍

一切尚好

夜晚还拥有睡眠这剂麻药
白天还拥有阳光和钙

徐州（8首）

高春林

燕子楼记

一个巨大的虚空被燕角翅抬着，一个人
某种意义上是一个词语，被抬着。
她有高于燕角的眼睛，但她深藏在她
的眼底，生恐一走出来，世界就不完整。

世界没有另外的出口，要是不深藏呢，
或是无数女人。琴声有更多的疼。
一个不再有未来的人，所有的疼也都是
一种清澈的醒。她醉酒一样的迷离。

在院子里走着，我什么也没看见，
偶尔坐在唯一的长凳上，燕角挑向的
天空，又空出了一些话题。但我

什么也没说，在失却嗓音的一个虚空里。

2016.6.20

引力

请回到水的冷澈。请唤醒。
请清亮地发出嗓音，从遮蔽的真相。
在雨水与泪水之间的麋鹿，
在一个人的栈道上，请走出异己。
在人群中寻找，你是你的眼睛。
请给活的夜一个黎明之词。
请在暗下来的世界，游荡出身体。

你的险情，在于洪水即将淹没的
意志溃散到一个临界点，
请自立一个闸门，或立栏杆。
请在曲别针卡住的危险上
找到迂回的潜艇，给出你的引力。
请切入时间。时间即正题。
请站出来，给水一个巨大的风浪。

2016.6.25

黄楼，或证词

筑城。抵御梦魇。我在，意味着
一个未来的方向在。
我倾向于，影子即是我的词语，
虽然它不时被黑暗抹去，不时倾斜。

我属于我的黄楼。在于什么时间发生了
什么事件，最终，它回到我身体，
为我备下给予世界的一个石头。

我属于每一个时辰。在急切变换
的城市，我虚构我的坟墓。
即便在夜里，它也有黑洞孔的眼睛。
我筑我的词。像洪水中筑城。

身后太多虚空，但我仍期待
土木隐秘的刻度里都有一个楼台，
以观雨，或给身体里的波涛以安静。

我抵抗过我的危险。这即记号。

2016.6.27

隐逸

在云龙湖，先去了苏东坡的院子。野生般
在水围拢的半岛上，给出明净
——明净即他擦拭的词。我从阴郁的河南赶
　来
依旧被它照亮。我想起隐逸，
隐逸是静下来的时间，是拒绝，以看见
灵魂的影子。白鹭这时点拨水面，自由即
　神。

2016.6.27

抗洪，或读徐州苏轼

今年洪水，漫了中下游，阔大的流域……
大河横在前，我读苏轼《河复》，揪心于我
　们
如何坦然，"彭门城下水二丈八尺，七十余
　日不退。"
我依旧想着远行。除了击退内心的洪水，
除了弄清楚时代的漩涡，没有另外的运航
　船。

我在找一个可能的苏堤。故道，另一层意思
　即改道，
我们还在要一个出口。上游也大雨。
一个人的隐忧在记忆里有没有一种标志？
记好了，这里有个黄楼——像一个人醒着。
醒着即神明给出俄耳甫斯。醒着，
就有更多的可能，抵御白日里的黑暗。

2016.6.30

冶炼时间

我在白土镇河边，看公元1077年苏轼
挖的煤坑。火苗透彻红土。火苗
在一个人兴奋里像是他的词舞。
据说，利国铁器新的冶炼术多了道淬火。
这时淬于刀锋的是什么？
在一个少粮乏柴洪水过后当口，
生活的前奏是抵御时间——时间里的
寒冷与寒心，最大危险。
不远处的梁山，揭竿的水浒，
像是另一个记忆，裂开时代一个豁口，
每个人都在豁口上，每个人都是证词。
我必须给我一个暗处的光。
在一条河的流水上躲避它汹涌时的混沌，
那瞬即一现的黑暗——
我想象，它就摧毁我的想象力；
我渡河，它就是风浪的鼓噪手。
这时我像是一个旅人（有谁不是旅人？）
看高贵的流星划过星空——高贵
是我们眼睛里的存在。当过去了很久，
天空悬在某一个点，明澈的依旧是时间。
我又想起苏东坡，他徐州两年，
在其他城市似乎也短暂，他寒冷的夜，
总把明月悬在眼，仿佛月是他的词源，
月在就是一个明净的时间在，
月在就是他的梦境在。
我几乎到了无梦的年龄，在白土镇
还是说到这水火交融的激情。
每一个人冶炼他的旅程，类似于各自筑梦，
或叫筑时间。策兰说，"时间的眼睛"。

2016.7.3

上云龙山

我喜欢上山时间的隐逸。喜欢
在大石佛明明之眼下不再有时间的坡度。
"一个漫游者，多半是一个孤独的人"，
这时的孤独迥异于深居城市。
诗在风口。所有疑云不到眉间已散，
一个人也是一种松针木。这时不需要尖锐，
向上走，身后的假象就将逃离。
我喜欢我的眼睛不再有霾。我不给这片
石比喻，醉卧其上的是苏东坡，
《放鹤亭记》在"风雨晦明之间"记下了
鹤飞来时，穿草鞋披葛麻的人，耕在
自由中。一个人的超然在于晦暗时
他拥有一个虚无的词。尺度不是酒度数，
天太黑，是任性识出了一个酒石头。
我喜欢醒着的林子，收容了时代的哀恸。
迁移的仅是时间，他的词也是这个
国家的一张嘴。这样走着，风似乎又紧了，
坐在一个井沿边，我只会感到渴，
我从混沌中回到直视，驼峰这时即骆驼
之慢，除了山明亮，我无理由慢如斯。
一个人向我走来，抑或我向一个人走去。

2016.7.8

在徐州

在一个黎明我来。我来寻找
你醒着的词，寻找你洪水中的脸。
清晰即词之境
——越过昏暗，世界回到了初始。
这个时代发生的事和那时没有什么不同。
忽然就下起了雨，你是时间的雨具；

我是一个偶然的凝视。
自由，一种见南山的光是多么奢望；
一个人能是一座城池是多么酷。
我见山有山，观水水浪涌
——这是你的诗？
诗的秘密在于游历，诗潜藏在山水间
就像身体里的关盼盼——与美和安宁有关。
关键是城市的困局太多，
按时下的标准，生活剩下了打点滴。
风吹在云龙湖上，
水的褶皱折叠了过多的愁坐——
你的胡子算是一个补充，
对于很少扬起的下颚，给它飘的自我感——
向上的维度就是建内心"黄楼"？
不再有飘摇和浪峰的冲击，
诗就是回到安宁；
不再建了拆，我有可能看见你的故居。
时间比流水多了一种记忆，
你因此拥有你的热力课一二一，
这相当于登云龙山，
或干脆在放鹤亭上醉卧成石。
我不再管地铁拥挤、燕子为什么
死活都不愿离开楼角翅。
每个人都有一个时间的坡度，
你走着你就是时间的楼记。

2016.7.10

淤泥之子（9首）

草树

黄昏

树丛间光影在错位
香椿的影子横过田野，攀上瓦楞
繁星隐现。往事数不清

早谢的花儿如她，落入怀中
雁过拔毛者如鲠在喉咙
夜露沁凉，微风荡漾

父亲坐在桌前，不再为我分辨是非
如静静的湖含着
不论多少乱石和败枝

算了，火烧云。或者阵雨敲打

青草。我也不再追赶
那个朝后窗扔石头的人

这是个美妙的时辰
光影丰富，安宁、柔和
群峰之上太阳没有落山，月亮已经升起

山中

两粒松果落在低地的苔藓上
并排躺着，像一对情人

但身上布满裂口，显然历经沧桑

像墓草深处的祖父母？

满身口子，又像是笑口常开
比在松枝上的光景更轻盈

不再在风中摇晃，或在雨中夯拉着
我见过它们在炉火中，偶尔发出嗤的一声

喷着长长的火苗——那是一生辉煌的时刻
但并不比此刻的宁静更富于深长的回味

伤口

井上的辘轳加挂了一把锁
小水池起了一层龟皮
冬天脚后跟砖裂，隐约暗红

盖子盖着，伤痛依然
像井水一样新鲜
它曾发酵，鼓泡，变绿
在那墙角的棍棒当啷一声之后

而当匿名者点燃长长的引线
一声寂静的轰隆中它下沉
在恐惧中顿失重量

我，仿佛在炎炎烈日下
痛饮这井，渐渐清凉

公文包

它跟随我，在腋下或手头

其亲密胜过情人

从里面抽出一支烟
创造了我的一小块闲暇
一把车钥匙
让我追赶时代成为可能
收藏的证据使我的声音在庭审
有了足够的底气

鳄鱼皮或猪肝色
某著名二货市场的copy货或
货真价实的LV
不断更换但不是换妻
类似变换情人彰显身份但有所忌讳
当它有几分尊贵和奢华换位到
跟随左右的一个年轻人手头
有了一点距离但这个距离
正好测度了全盛时期的人气指数

我是在它被搜查的那个下午
意识到它巨大的危险性
好在它空了只藏着一首诗
好在它空了才有此刻的丰盈

深渊

我说，先生们，你们每天出门
记得看一眼脚下
你脚下是万丈深渊

他们笑了笑，认为我在讲梦话
钢丝太宽，给了脚错觉
或自以为技艺高超
但我"进去了"另一些人的梦

签在了烤肉架上
耳朵直到半夜还醒着

我"进去了"面对的真正问题
其实只有一个
那是个哈姆莱特式的古老问题

二月蓝不是我摘的但指纹
染上了甘蓝。是我。另一些
开联合收割机的人
却站在领奖台上
我只能说，深渊，你当耀眼
如乞力马扎罗的雪
更明晰，像但丁的地狱
不要发出引力波，像百慕大三角

不要云遮雾罩。直接如雨水
打在皮肤上，浸进心里

上去，下来

卷扬机的吊篮
上去，下来
巨大的转盘发光
发出刺耳的吱吱声

简陋的棚子下
一个年轻母亲的双手
握着一个长方形开关
红绿按钮有点像交通灯

她的孩子在附近玩沙子
一根盘踞的软管
突然像响尾蛇竖起头颅

这情景逗乐了他

上去，下来。一如我在手中
抛着孩子，腾空刹那
他咯咯地笑
那时我俩乐此不疲

这循环往复的动作
伴随着一声啪
或早晨七点钟的阳光
一切都照常运行

但这一次吊篮上去
伴随孩子的一声惨叫
吊篮停止了，悬在半空
钢丝绳紧绷，剧烈颤抖

这循环往复的动作
瞬间改变了节奏
如沙坑里，水忽然决了口
鸟群子弹般射出树冠

拉链

密密的牙齿
轻轻打开伴随着
一阵嗤嗤声，如耳语
我总以为他凑近来是一种亲密

轻轻推门。轻言细语。坐在沙发上
说起他的家事，声音颤抖，泪光闪烁
一如打开拉链让我翻看
他的苦难行李的全部辛酸

他在餐桌上的过于殷勤热情
就像拉链涂了肥皂
声音滑溜，不再像拉链的声音
我却感觉舒坦：让我在人前长了脸

哗的一声。有锯子开木的锐利
不是打开，而是锁闭
我也看透了他，如发现烟叶上的虫子
晚了，一夜之间一片空洞

梯子

长梯搭向檐口
人高高低低站立，青瓦传递
像水车绵绵不断将水送上高地

高高低低，没有等级
一条不由机器传动的流水线
不会倒下如多米诺骨牌

从来没有像装有护栏的楼梯
发生那样惊人的踩踏
透气而明白。不像我今天攀爬的梯子

隐秘，无形，每一挡都布满玄机
时常令我在黑暗中喘息
或突然踩空一挡

那时我站中间，头一次感觉风
如此具体。微微颤栗。刀尖上的蜜
而乡邻谈笑自若如闪亮的"人之链"

淤泥之子

走在杨柳的湖堤上
我想起大旱之年那个孩子
在淤泥中两手垂着，笑眯眯
俨然一个淤泥之子

甲鱼的爪印像金丝桃
裂缝含着泥鳅背脊的青幽
春天的滩涂长出碧绿的嫩草
草汁和花香曾经盈满他的记忆

老鹰的影子在镜中远去
他乘车远行，一个人闯出大世界
站在窗明几净的办公室
满身泥点如暗火燃烧

互泼淤泥。不再是嬉戏
衣服脏了也不是下水的简单理由
快乐只在那白银闪烁之时再临
当那低处的泵发出一声咕隆

他也听出垂死者的喉音
镀着鱼儿的银镜破碎了
尘埃飘落。他在此处看见
柔软、温润，大地深深的挽留

在一个人的干旱中
他自以为远离了淤泥，其实屁股
从未也不能离开
这个无形的、巨大的胎盘

表达（13首）

樊子

春天

春天里白云都低过山巅
春天里有过苦难的草都学会自大，它们疯长着

·匹马在春天里学会风流
一朵花在春天里学会妖媚
这些乱糟糟的树木、田野和流水，没有矜
　　持，失去分寸
拥挤在我的窗外，各怀心事

最后

被宰杀的羊
活在浑水中的鱼
我了解它们的命运，了解它们的家人和亲戚
啊，我了解土地上的谷物
了解它们逐渐变坏的品质
我那么热忱地了解奔跑的火车和流浪的云朵
我那么崇高地了解死亡
如果不过于急躁，我会了解最后的一丝光亮
它彻底消失时
黑暗就是伟大

失眠

花开的时辰

星光被露水打湿的时辰

不，这些不够准确，不能够说在黎明

一些关于时间的结论往往是错误的

我童年从黑夜开始失眠，中年的黎明来临，
我依旧在失眠

睡在荒冈上，我不敢肯定苦楝树不是来自月
亮

说不清楚墓穴里的赤链蛇何以游动在天堂的
池水中

你们可以来到荒冈上走走

那些过往的苦难留下多少痕迹，那些骄傲的
岁月又留下多少荣光

干净的，龌龊的，悲悯的和憎恨的

我都拿手去抚摸过

就像你们的到来，我把河水捧给你，把麦穗
递给你

把墓碑扛给你

你们仅仅会得到这些东西，如果你们失望了

我会睡在散落一地的云的阴影里，我的失眠

让你们紧张、急促

我胡话连篇，语无伦次，口无遮拦

而我却是第一个抓住闪电心脏的人，是啊，
这显得多么不可思议

一个有深度失眠的人

说河水、麦穗和墓碑是他灵魂的人

说自己是出卖河水、麦穗和墓碑的人

说他是你们在睡眠中活着的人

说你们是他失眠中死去的人

我就是这样胡话连篇，语无伦次，口无遮拦

抚摸闪电粗糙的皮肤，捏紧它粗狂的骨骼，
抓住它的心脏

它的心脏那么鲜活

像红蚂蚁的呼吸，像你们能理解的一朵玫瑰

花的名字

流水

流水三千里不算长，它的势头可喜，从东至
西，从低处

要爬上万米的山崖上，然后分开势头，一股
向北

一股向南

另外一股朝着天空最黯淡的方向

如同一个伟大的起义者脑颅被砍下，从脚跟
涌出的

血液那么急促而有力量，四处迸溅

我是流水唯一的围观者，我敢打赌，流水流
到

最西端，它会稍稍安静片刻

这一路逆势而上，它不会去翻开脚踝和额头
上的伤疤

我手头有它挣扎、哭泣的影像，也有它微笑
和舒缓的影像

与其说出它的悲壮

不如说我有过多苦难的记忆

我不敢过多靠近流水，怕泪水流进它的波涛
里

但我必须早流水一步抵达万米的山崖上，然
后随它

朝着天空最黯淡的方向疾走

这么多年来

流水叛逆、冒失，却从来没有想过我有如此
大的认真和勇气

障碍

你把世界的影像停留在肠镜上好不好，从肠
　　镜中
你分析我的身体结构出于你的好奇，光着身
　　子，我有什么
羞耻感呢？
没有，绝对没有
你把世界的影像停留在我光着的身子上也好
我蠕动的盲肠，不瞒你说，比世间任何一条
　　道路快乐不到哪里去
世间到处为繁华之景
你比我熟悉一块铁的虚伪，一棵花楸树蒙受
　　的苦难
要是你依旧觉得我值得你去热爱，请不要继
　　续把灯光聚焦在我的额头
那样，人民路和解放路就会拥挤、塞车、吵
　　闹；就会有土地
裂开，露出不祥的呻吟声
是的，我早年承诺捐建的疯人院，趁机会你
　　用肠镜照一下它的结构吧：
噪音、疾病和谎言，你看着它们有些障碍
咦，远眺一会，或者花费更长的精力，你一
　　定得看看
山峰、河流和人群，像我的盲肠一样
黝黑而不净

表达（一）

距上次见到的断桓有三年之久了，距离上次
　　见到的西北风有三年之久了
你们都好吧
忙乱的乌云和尘土！
我总是要见很多东西的，伟大的道路尾随着
我，在时光中一点点弯曲，又一层层加重
色彩

表达（二）

去哪里居住，不能太明亮，在我的无数次流
　　浪后
我总是停留在黎明时分，仰起脖子，看天，
　　看太阳
看空虚的白云和空虚的天空
我脖子发酸，我需要赞美那些的乌云，只有
　　乌云有勇气
能陪我一同流泪

表达（三）

峡谷里弥漫着死鹿的气味，死蝙蝠和幼蛇的
　　气味也都在弥漫
如果我不知道生与死，我不会进入峡谷
如果我知道生与死，我也不会进入峡谷

事与物各安其命，事与物又不安于其命
我懂得攀援和向远眺望
我懂得内省

如果我的额头是为峡谷
如果一种东西跌落下来，为生也为死
如果我的脚趾上爬行一头猛虎和一条龙
如果我的胯间还有一条汹涌的江涛
啊！虚妄的事与物在峡谷之中不仅仅显得更
　　为真实

表达（四）

有高德之人说肉体有魔，它有欲望
欲望有什么过错呢
你施舍一个乞丐也是欲望，你穿衣也是欲
　　望，你喝水也为欲望

我搂住一个女孩，她有欲望要悲伤，她有欲
　　望在厌世
她还有无穷的欲望啊

她痛苦后，还会有无穷的欲望
我搂住她
我有简单的想法，她是可以作为我妻子的人

表达（五）

我吃过穿山甲和熊掌，吃过凶猛的眼镜蛇和
　　鳄鱼，我是有罪的
我没吃过凶猛的人，也没有吃过跳蚤，更没
　　有吃过虱子，我难道还有罪
穿山甲不会吃熊掌
眼镜蛇不会吃鳄鱼
熊掌不会吃跳蚤
鳄鱼不会吃虱子
如果，大家一直饥饿下去
它们肯定要吃我

表达（六）

没有一颗心能够专注于一件事上
我夜读佛书，色即空

我看见太阳拉一匹枣红马在黎明时分，把马
　　的缰绳放在枯枝上
我心猿意马，以为我可以越过枯枝

表达（七）

你眼睛盯住落叶，你是瞎眼，你数不清多少
　　落叶
你数不清自己多少根头发多少根眉毛
你数不清自己多少次哭泣

也有很多人就那么喜欢看山看水，想看得清
　　楚和清澈

表达（八）

所有的事物都会消失，会变样，会成为另外
　　一个事儿
一座花圃为一个虚构，一个浩大的春天可能
　　仅是一次机会

只有浇花的女孩过完春天转瞬间退回最难熬
　　的时节，她裙子褪色
脸上有小幅的臃肿，不止一次了，我认识
　　她，认识
她遮盖严实的腰际上的胎记

她是一只陶罐，存满水，她是水只能存于陶
　　罐里
无汤汤之水濯吾身

无青青之色染吾目
我不停地在浇花女孩长大的地方种下白桦和
　　雾
我总像帷幕中的长夜身处南北莫辨的黎明

朗读者（12首）

程维

一枪

老夫朝毒日头嘣了一枪
雨就下起来了，像一场预谋已久的起义
赵副官后悔提前叛变，却收不回昨晚的供词
卵石大的雨点公开了被出卖的名字
将一捆捆草船借来的箭，射向它的反面
天牢砸开了，翻身的兄弟，裸着明晃晃的身
　　子
投奔沙井的怀抱
在草木中武装自己，就算入伙了
一顿干粮的功夫，便改变了秋天的颜色
夜袭的凉意将从农村包围城市
先遣队由老杨领着，一律便衣，化装成农民
　　工

乘地铁过江，由双港到滕王阁
途经卫东、绿茵路，下一站就接近冬季了
王顺溜带电视台来接应
暗号不变，小心光脑袋的家伙冒名顶替
眼看着生米就要煮成熟饭了
我得功成身退，抽腿走人为上策
让哥几个拜将封臣、泡香港脚、洗温汤浴
各领二两黄金，回家向老婆如数交公粮

天凉了，俺也得刀枪入库
马放南山，剥脚丫子，咬咬手指头
检查这一身的老零件
打开后备箱，瞅瞅积压了一春　夏的
老棉袄，待寒流到来时，能当事否？

下午的雨

像天空在抖动一块巨形钢板
发出铺天盖地的轰鸣。树木在奔跑
像武警追捕逃犯，路冒着白烟

斜着45度角，像闪光的鞭子，密匝匝抽下来
像巴西奥运会竞走运动员，咬着牙，默不作
　　声
一个撵一个汗淋淋身影
像快枪手子弹，天空射向大地的排枪
像党卫队一次执刑，放干世界的血

然而这只是一场雨
暴热数十天了，下午两点四十分，落在沙井

对面三楼窗外晒的被子，也贪婪吸着雨声
虽然它的主人下班回来会沮丧，而又有一丝
体味到降温的惊喜，好在尚没到盖被子的时
　　节
秋天才刚刚开始

这场雨下得真好，它的声音那么干燥
像干枯的芦苇窸窸窣窣被大火点着了，仿佛
　　坏分子
躲在干部队伍里，公报私仇
树木都犯傻了，湿了一身，才扭着腰，抱着
　　头
像在经历洗礼的群众，懵懵懂懂就投入运动
　　怀抱
大口呼吸雨在灰尘里溅起的土腥味
仿佛畅游赣江，在滕王阁上向昌北招手
乡亲们有了大仇已报的快感

晒得冒火的电线杆，终于湿透了
用不着擦身子，就那样美滋滋地立着，像沐

浴了爱情
带着狂放之后的满足，我站在阳台上，看着
这一切
内心有些震撼

望文生义

一场望文生义的雨
终于抱着干柴烈火痛哭流涕，像久别的亲人
打死也不分离的肝区和肺片
在沙井结拜，高举义旗，挑起了绺子
一呼百应的乡亲，掌控了几个小区的形势
把秋凉交给物业，分赃到户，登记造册
以便摸清业主的底细
而窗户看见了镜子的内心，一个药铺掌柜的
　　闺女
正梳妆打扮，她如云的烫发里，藏着一架梯
　　子
可以直抵后山，寺庙的僧人去年已经还俗
娶了个风流寡妇做压寨夫人
善使双枪的惯匪名叫渡边，突然决定洗手不
　　干
去九龙湖打鱼，又到梅岭晒网
做起了二贩子勾当。管委会纠集一路车队
吹吹打打过了赣江
在昌北安营扎寨，分田分地真忙
女做保洁，男当保安，按部就班，老有所养

张大傻带着七分醉意，三分羞涩
将祖传的百年酒庄，重打锣鼓，新开张
当家做主的感觉，使他像一个六十五岁的新
　　郎

我是语词中的惯匪

我是语词中的惯匪，在诗里跑马江湖
被牡丹所通缉，我在雪山上露营，打灭了星斗
又流窜到沙井潜伏，蜷缩在同事间装孙子
发现红颜和蜡烛是一根绳捆的蚂蚱

我不买各山头的黑帐
一枪撂一家伙栽个跟头，啃一嘴胡须
再迂回到中路
我用起重机吊起赣江，看看底下是否藏了老鱼
还把坦克开上西山，到月光下收租
返乡的民工秋收了玉米
群聚在汪家大屋打赌，风紧了，就闭户不出

去年的相好改嫁成了贤妻，坐地铁去了巴黎
剩下几亩好地由俺代耕
悉心照料她的小妹，将名媛改造为绑匪

我是末代的良人，抄袭秋风的叛徒
腰斩阴毛的执行官，为水墨辩护的首席律师
秋凉时，误审了案卷
户员外捉奸未成，反遭暗算，张屠户状告熊官员
悬而未决，半斤好肉不等于三斤青菜

我拨了数通算盘，也没算清恶世的烂账
回头抽出床底的二十响，我我我，干脆朝空气
又放了一响。那头有客户探脑袋
接住了这粒子弹
我看见他的嘴巴喷了一口好烟
貌似一个很会享受的人

高手

这段时间在纸上撒欢
没规没矩的，感觉真好
这是我的领地，拒绝他人染指
画一笔秋风
无形无色　拂过琴弦
就有一个小老头现身
他身着古装，不是演员
在京剧团也没见过，不知姓甚名谁
他是从秋风里出来的
少言寡欢，跟俺照面也不打招呼
坐下来，大袖筒子里抖出枯瘦的手
抚琴。发出的声响
又轻又静，藏着杀机
一出手，就把夏天埋葬在沙井
再来两下，天就要变冷了
我拢着袖子在旁边听着
眼看这老头继续弄下去，就会下雪的
如此高手，江湖上很久没出现了
豫章十友根本招架不住，飞鸽传书
邀四公子助拳，也为时已晚
再这样下去
刘家村将会被大雪掩埋，不留一点痕迹

老夫岂能袖手旁观
挥笔画一面大鼓，敲乱了他的阵脚
擂鼓者，乃一裸女
硕大的胸脯，如两颗炸弹
汝降也不降？俺若再画上一笔
任尔高手也得半残

江湖

江湖对良人来说是很远的
那些滚滚的白云，已经到了天边
如果再远一些，就跑去天外了
神也管不住它们，像是说走就走的旅行
空出的地方大得很
只剩两个污点，一个是采花贼，一个是贪官
就等少林来收拾，而师父档期已满
拿不出功夫节外生枝
城里的农民衣锦还乡，被挡在路上
像一批追讨的贷款，遭遇截流

如鱼得水的秋天
游刃于城北与乡野之间，还要用余粮嫖娼
要把沙井变为楼盘
插花地带也没闲着，香粉氤氲的客栈
入住了几条野汉，朴刀把门
半边街夜宵铺子热火朝天，烟头遍地
消防局接到多次报警，渐感心力交瘁
大伙儿惦记的酒钱不拖不欠，一次性到账
户员外的九节鞭候在户外，单等智深上门

酒后找个女代驾一条道走到黑
拐弯到金融大街，拼了命才呕吐出五铢钱

好人

你一生都是好人，从胆小开始
碰到美女也绕个大弯，错过多少艳遇
在古代你是东郭先生
捱着今天，发财当官也轮不上
只有抱着一块豆腐撞死，又去西湖哭许仙
满嘴假牙就这样愧对遍地美食

还到金山上去看炊烟，一把火烧掉了草船
不义之财顺手推舟到了右岸
还要站在棋盘上若无其事
该出手的时候，又让给了别人
把对女人的爱情进行到底需要勇气
只有一夫当关，方能万夫莫开
而你失地丢城不是头一回，任关公过关斩将
眼看轮上了，又千里走单骑
一个人跑回来
同伴们推杯换盏，把花酒转移到潇湘馆
有病的美人梨花带雨，打湿了纸包的良心
你又死活不肯送他过蓝桥
用力一旦过猛，桥就断为几截
如果不到位，就等于过河抽板
万事摆放在人生里，输得只剩短裤的一根丝
也能按下不表，处之泰然

2016.9.5

活着

像是在重复别人的人生
活了几辈子都是苦逼的命
一丝不苟
把苦口的良药逼到题外
新秃的头发分赃不均，干脆推倒重来
已不复往日气象
那些波浪形的云，也堆到了天边
码头工人背着黄色潜水艇，散步至朝天门
佯装轻松地瞧风景
吴带不能当风，飘一下就感冒不轻
你还要曹衣带水，服儿包中药心存侥幸

从大理回来，红颜都成了别人的知己

你只有找下家，打好做庄的主意
在沙井开店，上西山收钱
遇到的，全是没有脸的纸人
你发毛也没用，生活就像一张伪钞
一手好牌也改变不了结局
肉联厂的猪
也在找一条新的出路
苦大仇深的屠夫，一刀下去也不能解恨

飞

好不容易拨着头发，飞离了地面
我在减轻那些不必要的，不断减轻
我忘记了身体，和蒙尘的故园
删除了道路、寺庙、酒店、旷野、与宫殿
一群人在下面，他们气喘吁吁地奔跑
眼看着跑过了沙井和金融大街，就要到刘家
　　村了
他们朝着气球般飞翔的月亮高喊：
下来！下来！他们打着喇叭的手势
歇斯底里地呼喊
仿佛我是一艘着火的飞船，下来！
他们越聚越多，踩着我的投影奔跑，
他们好像比我更焦急
我飞离这个世界时，才突然发现他们对我这
　　么好

我不是乘飞机呀，怎么可以跳伞
他们不明白吗，我是拨着头发飞起来的
如果一松手，就得付出摔死的代价

抽屉

我们都活在抽屉里
回来和出去都没有什么两样
你拿不开那只腐败的手，它停在半空的时候
也一脸坏笑，那个叫潘金莲的妞
在一本书里声名狼藉，我又怎会令此世英名
在风仪亭上烂掉，还要开车去沙井喝茶
到西山望风，九龙湖一套房子就把你血洗了
　　干净

登上月亮也没用，从月球跳下来
就落到喜马拉雅山尖，谁能看得见
一嘴脏话骂不出去，就像拳头握着仇恨
砸向哪里都会反弹回来
你只有去棕帽巷做桑拿，翻身的感觉不能做
　　主
仅有的几张毛票，买回一身臭汗

落草

仙女站在墙上，总是不肯下凡
英雄只有干脆落草，恢复贱民身份
省得锦袍玉带，遭一班后生剪径
女知青成群结队围着梁山跳舞
仿佛存心要把你的嗓子唱坏
再架着你同床共枕，将回廊上的灯笼挑飞了
一块红布蒙得死去活来，证明你还是个长工

俺空负一把宝刀，把戏唱到一半
环顾四下，卖给谁都不合适，何况还得打折
只有逼上宝山，配个压寨夫人比较划算

数年以后，骑个永久牌自行车招安回城

朗读者

可以大声咆哮，把它吐出来
像吐一块骨头
不吐不快，不吐就会哽死
不吐就会水深火热，不吐就见不到六月雪
不吐就会一头把墙撞个窟窿，你出不来
他也进不去，不吐行吗

可以轻声细语，尽量温存一些
再温存一些，别犯粗鲁毛病
仿佛对她说些什么，就是要把她搞定
让她死心塌地，变成你的女人
像你在摸一只豹子的皮毛
千万别让它反咬一口，把你扑倒在地
舔着你的面孔，露出牙齿
我是说，语言如豹，吃人不吐骨头
你得小心了，得像个训兽师那样训服它
却驯服不了我的诗，它是黑暗中的兽眼
狂荡的野火
数米内的对峙，一箭穿心

着急地写下春天（10首）

雪松

着急地写下春天

着急地写下春天
跟一个国家没有关系
跟上班的单位和家庭
也没有
我上街买酸奶
看见路旁的枯草里
似有星星点点的绿
有吗——其实没有
也没关系

2016.2

雪花

身披大雪
孙子笑笑回南方去了
临走，他把小手伸出车窗外
想握住一朵雪花
把它带往南方
看他欢喜的样子
这个生长在
南方的孩子
会不会因为雪花
而爱上我们
——哦，感谢雪花
和被雪花超越的血缘

父亲

远远的，我看见父亲逆光的身影
一闪，走路歪斜，那是膝关节磨损所致
瞬间，我差一点叫出声来
其实父亲已故去多年
但我并不以为这是没有放下的
缘故，而是故去的人
会偶尔归来

秋光

几只麻雀埋首觅食草籽
——多愿是它们
不在意严寒将至，草籽饱瘪
专心，低头，眼界有限
此地即是故乡
不在意霜里远方
草籽洁净的含义
——不在意，心就安了
就不用东张西望

无题

死是即兴的精彩，像草书的挥霍
兴之所至中包含了多少犹疑、嵯峨……
而活，是临帖，是青灯黄卷的一笔一画

我辜负了一生的露水

两眼茫茫，我辜负了一生的露水
针尖一样匆匆的露水
重如石头的露水
虚空如双手紧攥着
将明而未明的时刻
爱一样凝聚，坠落
滑向命运的秘密之根

我用一生也没有推开
一滴露水，我用一生也没有留住

整个天空都感到饿了

婴儿要吃奶
哭声从楼上传来
整个夜空都感到饿了
星星啜饮着院子

一个人，从书本里抬头
哭声从那儿跟来了
他听见卧室的衣橱、书架和佛龛里
也都有一个婴儿在其中哭
他感到这哭声
来自于夜空那么大的胸腔

黎明已经来到窗前
但天反而更黑——更饿

霜

一场薄霜
夹在书页中不经意掉落
某种纪念物

忐忑不安，那是谁
守着爱情屋瓦上薄薄的尘世
一场薄霜，一次轻描淡写的
告别敷在脸上

谁的尘世
淡然一笑就化了——一场薄霜

麻雀之死

麻雀无力收殓自己的尸骨
它躺在人行便道上
像一份大自然的遗嘱
找不到执行人

葬

岳母死了
因为同老家的矛盾
她不能归葬故里
子女们窃窃私语地商议：
只能趁夜晚
到两百里以外的
老家祖坟上偷两把土回来
同老人的骨灰一起
葬于购买的墓地
算是回了老家
也有子女不同意：
随便抓两把土就行
哪儿的土都一个模样
干吗非要回去偷
——于是，大家面面相觑
弥漫着来自于土的焦虑

在夜色中复活的段落（5首）

李永才

红鞋子

一双轻如棉花的红鞋子
置于你的禅堂
敞开的小口，仿佛一个空园子
穷尽了一切孩童般的幻想

我爱你的红鞋子，与雪白的微笑
或相对而立，或寂然而行
都有一种，
比仪式更典雅的诱惑

我的姑娘，如果你的红鞋子
吞不下乱世的孤独
我的草鞋，或许能派上用场
让半个脚印，追随你

一双赤足的草鞋
落魄江湖，好些年了
我的革命理想，在草鞋里
像鸟粪一样发霉

我破败的草鞋，是命里的江山
对称之物，像小小的错误
跌进你的红鞋子
仅存一点暧昧，在阳光下复活

阳光是你的红鞋子
依然行走在，秋天的路上
而我的脚底

只剩下，一双生活的小鞋

叶落秋风

起于沙滩的秋风，吹进解放路
那些拥挤的耳朵
每一只耳朵，都充满了婴儿的微笑
你可以听闻丝竹上的浪漫
比如一枚桑葚，享有糖果的酸甜
一切形而上的影子
都如落花的欢呼，猎猎作响

时间像是在午后，阳光埋伏窗台
倾听这些红色、白色、黑色
五光十色的声响
饱受雨水的粉刷，正在衰老
像一堆臃肿的建筑，塞满了局促的空间
一些浮华，虚高和衰退的本质
像斑斓的虎皮，铺陈于高高在上的台阶

一群失眠的鸽子，立于教堂之手
居高临下，缓缓地，
在烟花巷，一些凉鞋、拖鞋、解放鞋
招摇过市。时光踩下的日子
如一场宏大叙事，无声地流去
流水经过的地方
民谣和稻田所剩无几

雨后的草堂

纷至沓来的，是秋日的传说吗？
在衰朽之前，如此的绚烂

这让我有些意外
小雨过于精致。透过薄暮
如穿越唐朝，表情不一的瓷器
野花遍地，好似精心编排的剧本
结局圆满，但缺少一些悬念

一个人独步于生活的地图
看这些疏影横斜
徒劳的忧伤，抖落地上
仿佛尘土一样的诗句，流水清浅
我忆及小径、楼台，一朵小梅
盛开在诗人朱红的门前

这可是如梦初醒的人群
留下的一种错觉？雨后的彩虹
比人间灯火更富有诗意
在沧浪湖边，一个人与一只野鹤
艳遇，似乎一见钟情

来不及仔细端详，各自的水色
一只野鹤，像一页写满杜诗的宣纸
被一阵风吹走了。刹那间，
草堂的感觉，有点不可思议
无聊，但有一点野趣

另一种生长

既然不再讨论，如帘的草色
那半岛的女子，一定怀抱一江春水
从亲切而干净的季节走来
像是野鸭的眼神，顾盼生姿
比一枚鲜红的桑葚，似乎更加灿烂

失去阳光的枝头，也就失去了

花儿的妩媚。苹果成熟。
一个耽于好梦的人
不是非要去巴结，那些
沾花惹草的蝴蝶
也并非对五月的胭脂，心怀鬼胎
只是对那种来历不明的矫情
总是心生厌倦

我深知，历史不过是上帝丢失的，
一张黄页。不会记录一个人
失恋多年的小日子
美好的东西，总是瞬间即逝
爱情也不过是，
一阵秋风吹落的，疼痛的种子
撒在哪里，都只能生长
一种忧伤的小夜曲

对这样杂乱的、无序的，
自由如英雄般的小岛
每一张木椅子，都是一个哲人
坐久了，就会在黄昏的胡须里
开始另一种生长

在夜色中复活的段落

马嘶落阳，如一只红狐的尾巴
敲响了谁家的钟声？
一行雁阵，省略了秋天的距离
止于道路的暮色
像一位怀才不遇的书生
在岁月的拐弯处徘徊，白马翩跹
难以找到前朝的亲人

有时候，神的到来，不可言说

就像隐居河上的浣花女
夜夜笙歌里，让江南石榴花开
如此的寂静和妖娆
我热爱那些短暂的事物
比如烟尘、鸟影和迟钝的牛羊
构成了生活仅有的内容

闲庭信步的麻雀，欲言又止
一场秋风返回故乡
等待果实成熟，粮食堆积院落
一种富足的时光，如一个傲慢的贵妇
在这儿享受，无边的秋风
记得她的身后，落叶纷飞
而你的表情，有一点小小的局促

我感觉到，你是越来越怀念
那些逝去的季节
许多年以前，那些七月的苦难
守着我的土地，秋天和渔火
寒风中的粮食和燕子，余温尚存
那些来自植物的光芒
是多么的熟悉

秋风降服烈马，弱指搅动风云
比如一件破败的衣服
干掉乌鸦的精神
隐约有不可捉摸的神性
那些湖光山色，像死亡一样沉默
一辆疲惫的马车，行走在故乡的路上
而村庄从此安静下来

新疆纪行（19首）

耿占春

奥依塔克的牧民

"对我们来说，夏季很短。"
一个柯尔克孜老人，在夏天的山中
身着棉衣，戴着护耳皮帽
喀什噶尔的熊先生把柯尔克孜话
翻译给我："九月里我们就得
拔掉帐篷，赶着牛羊下山
一米多厚的大雪会覆盖整个
奥依塔克，直到来年五月踩着雪水
流淌的山路上来，那是我们
一年中最快乐的时光，小牛羊
就要吃到嫩草，我的孩子们
也喜欢到这里撒欢。我们的生活
被分成两瓣，孩子们也是

她们要上学，在柯尔克孜学校
学维吾尔语和汉语，在家里跟我们
说祖先留下的语言。她们知道
不学习不行，学习完了
也不知道怎么办。我的一个女婿
在山下教书，一个女儿在四天前
刚刚生下一个男孩，另一个
大女儿正在帐篷里给她擀面
我们牧民很穷，舍不得吃肉
已经习惯用我们的牛羊换取米面。"
"你们的奥依塔克很美，"我说
"等这里旅游开发了，你们
就会富裕起来。""开发与我们牧民
有什么关系？赚钱的是那些开发的人
我们会失去这个夏季牧场

我们的奥依塔克将会属于别人。"

巴里坤的庭院

过去的岁月遗留下汉城和满城
高大的生土城墙，耸立着西北白杨
金黄的向日葵照耀着唐朝
都护府的遗址，塞种人的岩画
草原石人和蒙古骑兵的
圆形石马槽，历史已经慢慢成为
天山北麓的风景。现在天山积雪
照亮了松林，巴里坤草原上
哈萨克人的帐房飘起炊烟
日近中午，我们在巴里坤
古城墙上散步，墙脚下的庭园
洁净，明亮，一个老妇人
收拾园中青菜，一个年轻的女人
正伸腰晾晒衣物，进出
她们的小平房，唉
中年的旅人突然厌倦了旅行
渴望在异乡拥有一个家，在八月
豆角和土豆开着花，而城墙下
堆放着越冬的劈柴，在八月

采玉

到了十一月，采玉人就会下到和田河
上游，喀喇喀什河的两个支流，采玉人
把它叫做墨玉河、白玉河。他们赤脚
在漂浮着冰碴的河流中，凭脚底听玉

喀喇拉昆仑山冰雪覆盖，犹如年老的智者

在深山腹地提炼哲人之石。一切石头中的
石头都梦想转换为玉，那些修行的石头
躲藏在昆仑深处，缓慢地走向玉石的核心

冰雪遮盖着喀喇拉昆仑，传说中的
圣贤在洞中闭谷修行，狼嚎也不能惊动
他的一根睫毛。直到身上长满青苔
直到心中的道德如美玉一样诞生

此刻它不能被惊扰不能被唤醒
采玉人已经遗忘了为什么踏入冰河
他苦行一样地行走，直到一股钻心的冰凉
温润地从脚底上升，采玉人终于找回了

自己：羊脂玉一样温润的时光，此刻
采玉人就是一块墨玉。万物都在转变
但它也是一个危险：没有在行走中
转换的采玉人，会突然变成一块石头

高昌

高昌的圆形佛塔依然屹立，无数的
圆形窗孔，依然是观月的好地方
大佛寺内残存着的壁画，似乎依旧
等待着同一个画工。历尽
千年，这个城池依然痴心等待
一个约定：面临国破城灭的高昌人
集结在夜晚的广场，他们发愿
千年之后还是他们，还要来到
高昌城的广场，　起赏月

现在，清真寺与故城佛塔遥遥相望
故城门外是维吾尔族人的巴扎，是他们
葡萄浓荫下的家园。废墟依然是

文明的中心，做生意的维吾尔族人和旅行者
组成高昌王国每日临时的臣民
维吾尔的毛驴车在正午的街道上
一路扬起飞尘，匆忙的游客难以分清
何处曾经歌舞宴饮何处玄奘
讲经说法，隐形的城市
亡灵的居所。如果能够再来高昌
一定是在明月之夜，我将跻身
那群高贵的亡灵，从死亡中归来

龟兹古渡

干涸的龟兹河。古渡的傍晚
尘嚣甚上。羊群正穿过碎石的河道

玄奘渡河西行，罗摩鸠什去往中土
龟兹河浩大的水势，如诵经声

城外的苏巴什佛寺已成千年遗址
岸边清真寺守护着神灵渐弱的呼吸

不知从龟兹到库车，从此地
到此地，故事已像河水远远流逝

月光下的向日葵守护着谁的家宅
库车的安谧泥屋，是谁的居所

黄泥墙面疏影如水，唤醒
一阵阵龟兹河的浩荡。起身夜行

我愿意属于一条古老的河
我愿属于一个故事，让死亡微不足道

我愿相信一个神，我愿听从流动着的

先知的话，住在龟兹河的月光庭院

喀纳斯河短句

喀纳斯河，在我写下这几个字的时候
我知道，你仍在一个真实的地方流淌

你在阿勒泰的山中奔涌，在白桦林
和松林之间，闪耀着金子一样的光

在夏天与秋天之间，你不是想象的事物
但此刻，我差点儿就把你从心里想出来

我在你的河边歇息过的石头不会有什么改变
而你岸边的白桦树正一天天呈现秋日的金黄

当我写，"喀纳斯河在流淌"，这些文字不
   会
改变你的行程，不会增加或减少一个波浪

就像远方的朋友，不会受到我想念的惊扰
此刻他和她或许正推开院门，吹着口哨

"喀纳斯河"：这仍然是你的一条支流
穿越字里行间，你依然在我心中滚滚流淌

喀什老城

土城的老街巷，过去的岁月
深入迂回，在清真小寺门口完成
时间的循环。依偎家门的孩子
他们的眼底流淌着小溪，碧玉闪闪

小小寺院上空的弯月、雪山和青杨

你看见过长大的孩子眼中的玉
变成了石头、礼品与信物
变成武器准备投向他的敌人
锋利或是浑浊，眼神在伤害中改变
小小寺院上空的弯月、雪山和青杨

直到暮色从眼底升起，神会再次
光临他的眼睛。每个维吾尔族老人
都像玉一样坚实而温润，年复一年
诵经声和木卡姆的福乐智慧洗涤了
小小寺院上空的弯月、雪山和青杨

喀什城东面塔克拉玛干沙漠
北面天山，西面帕米尔高原
南面喀喇昆仑。喀什噶尔
是一块墨玉，在维吾尔族老人的眼中
小小寺院上空的弯月、雪山和青杨

密封的喀什噶尔

高坡上的喀什噶尔，错落有致的房屋
如远处喀喇昆仑层峦叠嶂的一个倒影

喀拉汗王朝的城，十一世纪的生土墙
融进午后的光，喀什噶里的童年闪烁

在孩子们的脸上。不规则的过街楼
方形砖与菱形砖，交错的胡同

层叠的黄泥屋、无花果和石榴
华贵如羊皮书插画，小而安静的院落

由于它度过的岁月而富有美感
成为值得瞩目的事物。每一粒尘埃

都得到了厚爱。孩子、妇女、老人
风格迥异的三个灵魂，不变的容貌

让时间驻留。街角的喧礼塔守候着
喀什黄昏与黎明的秘密。就像神灵

在翻开的经书上沉默，敞开的
喀什噶尔，就是密封的喀什噶尔

我怀着不明朗的动机重复描述你
直到汉字能够倾听到突厥语的真理

南风与葡萄

沙漠上的季风，从南向北！
从葡萄园穿过一阵清凉！

干涸已死的沙漠，涌流四散的风
它的灵魂在葡萄园重建秩序！

沙漠南风吹拂下的葡萄园！
流动，透明，风在葡萄中结晶！

一阵风穿过身体，我的颤栗
是葡萄向夏日烈风的委身！

古老的南风，新鲜的呼吸！
前世的沙漠，今夕的葡萄！

在那儿，在八月的葡萄园
我的痛苦认识你，在一阵风中！

其尼瓦格

踏过其尼瓦格幽深的长廊、台阶、庭院
是否已触碰到中国花园女主人凯瑟琳的脚印

夜气渐凉，惶然听闻她的孩子们的欢笑
斯坦因，斯文赫定，都曾是其尼瓦格的客人

凯瑟琳的喀什噶尔回忆录，曾经引领我
穿越这座经书般的城市。她在诵经声中

为喀什平添了甘美的呼吸。那些美好的时辰
依旧在其尼瓦格的暗影里，温暖着荒废的

中国花园。其尼瓦格。凯瑟琳
让初见喀什噶尔的人弥漫着忧伤的回忆

萨依巴格

塔克拉玛干沙漠的边缘，旋风四起
黄沙旋向天空，成群的烟柱相互纠集
集结着游牧部落的亡灵，在小小的
绿洲之外打转，伺机把它湮灭

一条雪山之河，或仅仅是一道
冰山溪水，抵挡了沙漠的游牧
临水而立，是西北白杨、胡杨和红柳
连玉米、瓜秧和葡萄也那么勇敢

维吾尔族人喜欢把自己的家园称为
巴格！一个简朴的天堂：这么从容
秦尼巴格：中国花园；奎依巴格
有羊群的花园；萨依巴格

是戈壁滩上的花园！——萨依巴格
它是只有一个词语的诗篇：维吾尔族人
用它称颂了白杨和胡杨，玉米
胡椒和葡萄，甚至戈壁、南风和荫凉

莎车：苏菲的城

进入莎车，时间，开始从人们的装束
沙白的房舍，街巷，伊斯兰建筑
毛驴车和人们恍若往世的神色
悄然后退。我们的到来和时间的
倒流河，组成了迷宫。一个王朝的生活
停顿，在一切细节之中。在莎车
除了这群外地人毫无准备的闯入
它古老的无花果树和葡萄的八月
苏里丹·萨依德依然统治着
叶尔羌汗国王室的麻扎，阿曼尼莎罕
陵寝和他们曾经在其中宣礼敬拜过的
大清真寺，依然是生活的中心

巴扎紧紧围绕着麻扎：在穆斯林的城市
一切就是这样生死纠缠。在摆放着
维吾尔文小册子，艾德莱丝和烤馕的街边
一个赤足的苏菲信徒身着旧棉袄
沿街乞讨，他的装束取消了
夏天与冬天，中古与现在
他伸出的手是赠与，而祈求
已是修行和仪轨的要素。是不是
从他保持的秘密信仰中提炼了
一份希望，在一个宽容的安拉那里
已经寄存我的名下？在莎车的
早晨，天空正升起大寺的宣礼塔

塔什库尔干

傍晚抵达塔什库尔干。沿着
盖孜河，我已经渐渐成为一个
快乐的人：雪山下的石头城，能听见
雪水沿着街边的一行白杨流淌
奇丽古丽牵着她的小儿子，加诺尔
陪着她头戴王冠的妈妈和奶奶
在只有一条十字街的石头城里
与我的问候相遇，小城如此
空旷，雪山几乎拥到了
小小的广场。同样的塔吉克女儿
曾经遇见过法显，玄奘
这些冰山上的来客，同样是鹰的
孩子，帮他晾晒过被冰河浸湿的经文
我的帕米尔，这个傍晚
你用圣洁的欢笑
洗涤了我的心

一个民族缘何在历史的梦魇中
出落得如此健康美丽？似乎从没有过
赤乌国，蒲梨、若羌、羯盘陀这些尘世的
帕夏们的王国。是什么使你单纯高贵
如石头城下的金色草滩？加诺尔
你不知道，我从多么遥远的地方
带着一颗厌倦的心，在这里
学习遗忘　和简单生活的梦想
加诺尔，帕米尔高原上
鹰的女儿啊，傍晚抵达
塔什库尔干，我正渐渐地成为
一个快乐的人。而现在，愿望已经
开始变成了回忆。生活的一切
会更加快速地走向衰老
而你和你的石头城
在我的记忆中再也不会
改变，加诺尔

重访塔什库尔干

是你的仁慈，接纳了我的临时存在
且让我跻身于你明净的现实

走在塔什库尔干的傍晚，像一片
灰暗的云影，落在塔县唯一的东西街上

街头的一端是雪山，另一端
是初冬枯黄的阿拉尔草滩

塔吉克人走在回家的路上
北望慕士塔格，世界的根基稳固

我是你现实中移动着的一个异物
不会迎来什么，也不会跟什么

告别。从一家餐馆出来，举目
黝黑的天空，石头城废墟之上

星群密布：世界突然真实
高原星空与幽暗的灵魂一起闪烁

吐鲁番车站

发往乌鲁木齐的早班车就要开了
一个维吾尔族妇女在人群中
朝车上招手，她装作哭泣，装作
用手背来回抹着眼泪，她布满
细密皱纹的眼睛一边微笑
一边从手背上方望着车上的儿子
开始晃动的汽车似乎就是她
从前拥在手中
小小的摇篮

在我身后，那个大男孩
眼泪总算没有掉下来。汽车慢慢
挤出了车站，在驶向快车道的路旁
一根灯柱下面，我再次
看见那个微笑着的母亲
戴着褪了色的花围巾
和她一直沉默的丈夫，再次
向儿子挥手。我几乎已经认识了
他们，却没有
挥手告别

吐峪沟麻扎

带着一只狗的男人遇见了
六个贤哲，他们住进吐峪沟
一个山洞隐居修行。现在，七个圣人
和一只狗的麻扎的故事，把我带到
火焰山中的维吾尔族村庄。朝圣的男女
坐在正午的荫凉中，用我不懂的语言
交换着彼此的痛苦和信心。靠近
麻扎的凉房里，一个脸色蜡黄的
维吾尔族青年，垂头坐在干枯的
麦草上，朝着门外
他的病容露出一丝微笑，一句维吾尔语
我只能用模仿的手势所表示的
暧昧问候，似乎加剧了他的失望与疾病
那个面朝麻扎祈祷的老人
应该是他的父亲。也许他
知道，对父亲的祷告
长眠的圣人和在天的胡大
比我这个异族人所能够做出的回音
还要渺茫。而把我带到这里的
故事，已经是一场难以治愈的疾病

——我的异族兄弟，如果胡大知道
他会让我来世出生在吐峪沟
用突厥语和你交谈，在正午的光中

库车大寺

夜晚去库车大寺，龟兹的土地上
礼佛的香火已经散尽。我们到达时
穆斯林快要做每晚最后一次礼拜
电灯没有比羊脂灯和蜡烛更为明亮
寺院内幽暗空旷，似乎仍有
羊群吃着土耳其地毯上的花草
匆匆地在寺内发愣，匆匆告别
不明含义的静默，仪式的模仿
既非参观也不是朝拜，我们并不了解
内心残存的神圣，应该献给
天地间哪一个神灵，在宵礼时分
库车大寺的圆柱升向夜空，在尖顶的
指引下，是一千零一夜，群星
发出幽蓝的光，它们是经文中
古老的文字，在宵礼的时间
弯月垂坠，库车大寺片刻间上升
这是穆斯林的命运，离安拉最近的时分

在阿勒泰

阿勒泰群山环抱，我在
云层移动着的最明亮的边际

一些次要的想法，风吹着
少量的流云漫过白桦

蓝色的山顶。一只鹰滑向
哈巴村万物终结时的本质

在早临的秋风中呈现
一种单纯而透明的真理

图瓦人在。阿勒泰
在一束夕照中闪烁

言不及义。所有的事物
仅靠其表象惠及梦想。在阿勒泰

不变的事物，为变化的世界
提供意义的起源

额尔齐斯河正穿越群山
而我，已接近于不在

辨识昔日的城楼、街衢、经堂、马厩
国王的厨房。一份多余的看见

羯盘陀默默接受一个人的挥别，一个人的
最后注视，在六月正午的阿拉尔草滩

再访石头城

在坍塌的石头城，玄奘曾在羯盘陀讲经
办理关卡通牒，从这里——葱岭——

经瓦罕走廊，入阿富汗，再入印度
比教义更稳定的是他坚定的步履

我已三次来到，依然是
含义飘忽的怪戾举动。脚步踏在地上

比影子轻。既非为经商牟利也不为
任何信念或隐秘的真理

也没有因果。站在石头城的废墟中
观看着这些早已错过的事物

甘肃：史与事（7首）

阳飏

《西峡颂》摩崖碑刻

2015年12月，我在成县看见腊梅开了
一树盛开的腊梅
为什么真腊梅看上去反倒更像是假腊梅
亦如生活中假的经常比真的还真，看来
我已经以假当真习以为常了
我想伸手摸摸真腊梅摸摸真《西峡颂》
再想想，饱饱眼福已经足矣
认识仇靖，是不是更可谓足矣
《西峡颂》记述了汉武都太守李翕率众开通西峡道路为民造福之德政
大德小德风吹散去，《西峡颂》成为汉代摩崖隶书典范
清代徐树钧形容："如风吹仙袂飘飘云中"；康有为称其："浑厚中极其飘逸"；梁启超赞
　　为："雄迈而静穆，汉隶正则也"
《西峡颂》摩崖碑刻藤萝遮蔽，后被樵夫发现才重新面世，至今一字未损

《西峡颂》碑末刻有书写者"仇靖"二字

成县小官吏仇靖，字汉德，武都郡下辨道，今甘肃成县人

仇靖或许就如同现今的机关小秘书

跑腿打杂，誊抄文件，若干年后混个副科级科级最好混个县级调研员

适逢没有战乱，退休回家颐养天年

有黄酒有新茶，有孙儿小狗环绕膝下

红白喜事大碗吃肉，逢年过节写写对联

好日子古人今人一样喜欢

遂想起父亲，十七八岁乃为"缮写"，藉此糊口养家

之后就是远调大西北、反右整风、"文革"下放五七干校

养猪放羊炊事班揉面，可惜一手好字全写了检查

仇靖写完《西峡颂》，流水飞瀑洗手

我还想多问一句：仇靖书家您写过检查吗？

我这可谓无稽之问，自罚今天临摹《西峡颂》三遍

其实，我还想临摹成县画家杨立强腊梅三支

权当做腊梅开了三次，分送三位好友

至于成县那一树盛开的腊梅

还是献给仇靖，献给《西峡颂》吧

麦积山小沙弥

麦积山石窟始建于十六国后秦时期

当地民谣：砍完南山柴，修起麦积崖

据说，当年凿窟时，从下往上一层层堆积树木，造一层拆一层

类似的据说，还有同一时期距离不算太远的武山拉梢寺

让人遐想，踩着树梢建寺的工匠全都身怀燕子轻功

魏文帝原配皇后乙弗氏逝后，"凿麦积崖为龛而葬"

北魏、西魏、北周三朝，今天你家鸡叫明天他家鸡鸣

无一例外，全都大兴崖阁造像万千

北周时期，秦州大都督李允信为先父造七佛阁

七佛阁又名散花楼，是麦积山最大的洞窟，建在悬崖之上

半空中四十二菩萨个个慈祥，天龙八部威风八面

飞天飘飘欲仙，散花楼下一驮水的毛驴飘飘欲仙

驮水给飞天姑娘们解渴吗

唐开元二十二年，七级大地震麦积山坍塌，分成东西两崖
是夜流星雨，若一小沙弥掩面而泣手指缝渗出的泪一滴一滴
有龛皆是佛，无壁不飞天
一千多年过去了，麦子熟了一茬又一茬
小沙弥侧过身去
满脸稚气似乎正在聆听教诲
我更愿意想象他是听到了与家乡有关的好消息
又一茬麦子熟了，自家母猪一窝生了十多头小猪……
细眯的双眼，嘴角上的微笑
这尊北魏133窟的小沙弥造像
亦如一个面对老师的学生
张老师李老师刘老师赵老师都是我的老师
那个看上去高过房檐的体育刘老师拧过我的耳朵
侧过身去，发烧的耳朵伴随我快快长大
长大了再没见过张老师李老师刘老师赵老师
借一句佛语：阿弥陀佛
看小学毕业黑白照片：姚继修宋大力李宝成徐鲁明……
一个个同学一个个小沙弥微笑的模样
在那个愤怒的年代
我微笑，和一群笑不露齿的同学

唐代天水籍画家"大小李将军"

听过观画闻声的故事吗
李思训奉旨入宫作画，所绘一壁画面江水澎湃
唐玄宗早起观画谓之，昨夜就听见水声从画上传了出来
唐玄宗欣赏"青绿山水"，亦如欣赏喜食荔枝的肥腴美女
欣赏嫔妃们发髻佩戴花卉春季斗花，以蝶所落者为幸御对象
只是唐玄宗半夜醒来，会不会睡眼迷离以为身边睡着一只大蝴蝶呢

李思训官至武卫大将军，画史称其"大李将军"
李思训卒后追赠秦州都督，荣归故里回家乡去任职了
儿子李昭道官至太子中舍，称"小李将军"——这是画界称呼
多少个皇帝和将军全都尘封于历史的典籍之中，无人记起

"大李将军"和"小李将军"——还是个假的
却被后人记住了,因为"青绿山水"啊
我想起画有"米家云山"的宋代米芾、米友仁父子
善画珍禽瑞鸟,被称为"黄家富贵"的五代黄筌、黄居寀父子
不管是守住一片云的米家父子,还是养好一群鸟的黄家父子
云飘不散鸟飞不走
我们坐在云影下听鸟叫,看"大小李将军"的"青绿山水"
石青、石绿……皴擦点染于一座山又一座山
理所当然有一座是麦积山
此一时间如果跑出一匹马来,青骢马青绿马
真有青绿马,那只会是《山海经》里长翅膀的飞马
《山海经》里有吗?需要翻书查查

且不要说自家割自家园子的绿韭菜
李家父子对着万里白云发呆
"大小李将军"横刀立马——不对,横纸立笔
无意之中用另一种跑马圈地的方式
把大唐的半壁江山盖上了私家印章

天水放马滩汉墓木版画:老虎图

木版画上一头被缚挣扎咆哮的老虎,威风依旧
虎是权利和威严的象征,常常和龙相提并论
神龙见首不见尾,紧接着出现的就是一头老虎
殷周青铜器皿多有老虎图案
至于虎符,是君主调动军队所用凭证
窃符救赵,信陵君借魏王妃子添香之手,干成一件历史大事
不像真的,更像是传奇
汉代流行一本阴阳五行谶纬之书《白虎通》
这书名让我想起险些要了豹子头林冲性命的"白虎堂"
豹子入了老虎口——估计施耐庵写到这儿会心一笑
这笑比冷笑还冷,冷完之后就该林冲雪夜上梁山了
《水浒》武松打虎、李逵杀虎
梁山好汉们把老虎称作"大虫",有趣

再看梁山好汉的称呼，玉麒麟、霹雳火、青面兽、赤发鬼、活阎罗、轰天雷……

哪一个没有虎的威风？

直接称呼虎的梁山好汉有：插翅虎、锦毛虎、矮脚虎、跳涧虎、花项虎、中箭虎、青眼虎

……

用一成语"虎踞龙盘"形容，梁山好汉

"虎踞"货真价实，"龙盘"远远眺望一下过把瘾

殊不知宋江已经嘀咕着要散伙了

殷墟甲骨文"虎"字，张牙舞爪纹络斑斓

据考证，汉字中的"王"就源于老虎额头的斑纹

虎乃百兽之王，仓颉造字智慧至极

放马滩西边不远的礼县盐官镇，是秦人先祖的都城西犬丘

礼县大堡子山秦陵出土的蟠虺纹车形器等装饰有形态各异的虎

饮马黄河，崇水德，喜黑色

披着虎甲的马拉战车驰骋在战国的沟壑大地上

反映了那一时期秦人的崇虎情结

民间视虎为神兽，可镇祟辟邪，保佑安宁

老百姓喜欢给小孩戴虎帽、穿虎鞋、睡虎枕

豪绅大户人家习惯在厅堂悬挂老虎图，趋吉避凶

猫偷腥狗咬架，老虎看守千里河山

千里之外，传说中骑老虎的山鬼改骑狮子

偶尔还骑在一只公鸡的背上

公鸡叫鸣，太阳照着动物园铁栅栏后面的老虎

我儿时记忆中的"飞虎牌"香烟早已灰飞烟灭，飞哪去了

一颗虎牙一块虎骨，足以让一只恶犬霎时间逃窜得不见踪影

一头白云老虎一头青铜老虎一头肉身真老虎的区别

是精神与物质的区别形而上与形而下的区别

是区别之后才明白何须区别

甘谷：华夏第一县

《史记·秦本纪》记载："秦武公十年，伐邦、冀戎，初县之。"

秦武公征服邦、冀，建立了邦县和冀县。邦是天水，冀是甘谷

"县"的古义同"悬"，把人头悬挂在城门前的木桩上，表示震慑

引申地处偏远，不能直接掌控，用来表示地域区划的一个层级

一个"县"字，曾经多少人头悬挂其上啊
和分封制不同，郡县制是中央集权制的开始
甘谷为全国县治肇始之地，故有"华夏第一县"之称

甘谷曾出土了一件距今五千多年的人面鲵鱼彩陶瓶
这是一尾瞪大眼睛的鱼，它的惊恐是人的美
并且隐藏着一条河流的前世和今生
听过鱼叫吗
鲵鱼俗称娃娃鱼，娃娃鱼叫
看好家里吃奶的孩子别丢了
有专家认为鲵鱼图案就是原始龙的雏形，堪称"中华第一龙"

闻到了淡淡酒香吗？这可是将近两千年以前的酒香啊
甘谷一汉墓曾出土一盛有半壶酒的青铜壶
周代有一种官职"酒人"，就是专门掌管酒的官员
多么让人羡慕的职务啊，天天闻着酒香
微微醺，真好
"华夏第一县"配"中华第一龙"
有酒无酒
微微醺，真好

齐家坪遗址

广河县祁家集镇，一家河沿面片小饭馆的年轻老板和我们闲聊
说有战国文物让我们看看，他从后院家中取来两枚青铜戈
一枚绿锈斑斓，一枚铮亮见影，开价一枚四千元，一枚八千元
我们一人吃了一大碗羊肉面片，之后
在小饭馆简陋的饭桌上，我们面对青铜戈又饕餮了一次
小饭馆后院的鸽子咕咕叫着，起劲吃喝着什么
我们无一人识货，的确不识货

车出祁家集镇不远就到了齐家坪遗址
齐家还是祁家？瑞典人安特生的发现包括不包括命名者的笔误
正午的阳光有些耀眼，地里等待收获的包谷一片连着一片

齐家坪遗址管理所大门一把铁锁迎接我们
不经意看见地上一小块羊骨头，是否可以用来占卜
先这面，再那面，然后——
管理所开门的人骑一辆电动车来了

河州传奇

一根粗麻绳，把专程接河州一个世家官宦公子的飞机拴在老榆树上
像是一则笑话或者传奇，再或者
充其量也就是1949年国家大事件中的一件小事情
飞行员称飞机有故障需要修理
四个持枪的军人押着飞行员一起上了飞机
看多了骡马大车的军人或许想看看新鲜
还没弄清楚怎么回事，飞机轰隆隆就飞上了天空
飞机翻着筋斗离地三千尺，晕头转向的军人乱了方寸
上吐下泻，满眼皆是自己的还是别人的后脑勺
飞机降落在重庆机场，这时辰河州城里依然杯盏交错
飞机要接的主人早已经醉倒在酒桌上了

没有飞去重庆的公子在河州度过了后半生
韩家集阳洼山坡上有他的墓地，生辰忌日后代上香祭祀
只是，从没有人说过他和飞机有关的这件事情

曾有一些美好（6首）

廖伟棠

漫

野水的世界没有不可能
它拥抱花草或者荆棘
滋润或者冲刷
不纠缠，只是去找寻每一寸空隙
时而幽暗时而灼灼
痛也是水花四溅
快乐也是水花四溅
肮脏与洁净都是它身上积蓄的力量
初生与苍老对于它没有意义
它只记住之间的波纹
十年尘网，生涯依旧浩荡
当别人羡慕瓶子和鼎的时候
我愿意和野水共享冰与风的漫漫

漫漫离失，漫漫拾取
我知道万物为什么嘶喊和沉默
日损，日益，它的道永不完成

2016.2.29

孙悟空的日常
——给儿子初初

自投胎转生我处
忽忽四载
有时他突然停下
浑忘顽劣与聪颖

如猴对月
只与世界交换惊叹
我亦知道这从西域孤城
经由母腹再生的乡愁
那望空的金睛不杂一点尘垢
我乐于扮演筋斗云
当他在层压乌云中寻找
我能变六耳猕猴
当他需要一面镜子映照
而常常的常常
他在梦里叫唤爸爸时
我便压下云头在黑暗中遍巡
在流离宇宙的珍禽异兽当中
辨认我们共有的慈悲眉目——
从愁苦中来，缓缓舒展
月的微光无知无识
却能弹奏我的每一根变幻毫毛

2016.5.3

空中远眺
——致女儿的十四行诗

你的哥哥说：
爸爸是挤进飞机里的一头鲸鱼
此刻，鲸鱼转动盐晶闪烁的眼珠
艰难眺望舷窗外一朵朵小云
寻找你的名字
是轻卷着的还是舒曼着的还是漫长坚定的？
这些你的父母以及祖先偶尔拥有的品质
倒映在我巨大心脏的磅礴骇浪上
你当听一个童话一样听就好
我们不释其苦，不纵其烈
啊，这大海与高空苍苍，结缀万物如叶和果

实
也必然护佑你这么一个无名的小精灵
我是鲸鱼，欢迎你来到我的肩上
为它增加使它平行于海洋那一份必不可少的
　重量

2016.5.23上海至香港航机上

蚊子颂

巍巍我蚊
我自愿献上我的血
供养你与我貌似无关的生命
制造我的神也制造了你！
随意他无聊的较真
看两架精巧机器偶遇
瞬间变成血亲
然后你有你的审判
我有我的流刑
如果你真有灵魂
为什么不会嫌恶我的皮囊？
如果你并无灵魂
为何又懂得避开我击掌而求生？
但你多活一晚多吸血一天的意志
颇令人震动，让人忘记
自己奔跑在悬崖上还穿戴着火焰之甲
眺望着煦日醺醺
不相信宇宙中有一双巨手眈眈

2016.6.2

曾有一些美好

曾有一些美好
看见第一列火车来临
曾有一些美好
羡慕警察的白帽白衫
曾有一些美好
用普通话唱歌的姐姐阳光灿烂

雨靴踩着想象中的雪
黑胶唱片在校长家转圈
唱出水暖冰融的山村
曾有一些美好
母亲尚未袒露她的伤痕
外公的胃未反刍被灌的毒药

是谁虚构了那个世界
是谁如风哀哭领袖之死
顺手折断了那些旗杆
曾有一些美好
男孩扬手扔球入篮
世界的掌声一度发自内心

2016.8.14

未了账

我们浪费偌大一张纸
流放一句诗

我们浪费偌大一个国家
囚禁一声喊叫

我们浪费偌大一场雪

安葬一只鸟

兄长啊我的兄长
请告诉我这家族漫长的亏空里

我们节省下来了
多少次父亲的诞生？

2016.11.30

伤心的绝学（18首）

胡赳赳

伤心欲绝的诗人，将伤心变成绝学。
如聂鲁达一样的中国火焰。

时至今日

时至今日，旧诗集已经发黄
不再重要地拿在胸前，自认为
美好得超出人类认知的范围。
它的某些句子藏有弊病，
确切而言，是相当多的句子
每首中都有几朵破绽的凋零的
令人羞耻的、交际的塑料花
我想撕去它的前言和后语

在勒口上的作者简介中，删去
自吹自擂的部分，和虚弱的吹嘘
总体上看，每一首，包括
自鸣得意的那几首，都还有
可以挽救的余地，它没有完全地
长满毒菌和霉斑，在不良的境地中
苦苦挣扎。要是付之一炬，
在世界眼中它是灰烬，抹去写作
的痕迹，它的作者真想不承认它。
可时至今日，这残破的爱，
依然招摇如马路上的警察
查验语言驾御者的身份：
戴着墨镜、抹着口红、涂混合的香水
暴粗口，喝低劣的葡萄酒
可时至今日，这残破的爱

依然招摇如年轻的驾乘者
打量警察的和善程度，随时准备
加大油门，驶向一意孤行的
少数人的岛屿。

拮据的樱桃

你不走，是为了离树更近吗
抱成团，自我将颜色熄灭
不惹人艳羡，放弃自尊
在大碗中，假装为剩余的凉菜
逃出所有人的视线
吃过三轮，临终已没有遗言

但那树已忘记采摘的疼痛和悲欣
在大雨中汲取力量，在晴日里生发新的果实
风起时抖落累累的弹球，将游戏玩到天黑
野外的生活并不穷与苦，年复一年
山林上的一面坡皆为欢乐的领地
看吸烟人的目光变成鸽子

嘤嘤的声音来自地底，来自清泉
唇上放置一颗，面颊楚楚
有人失去房子，有人失去窗户
有人手足完好，有人跳
有人吐出你的小身子
沾上灰，滚到一个不知名的地界

安眠曲

子时，一切安然
姑娘无恙。时针隐没，

电脑右下角的时间被看成习惯
不再为轮空而落落寡欢
不再听他人的觉悟
死党，死在怀里
敲击键盘的手，抚猫
指尖上的黎明，跳动一束打火机上的日出

"一切忧愁和焦虑皆离我
远去，唯有内心的平静永在。"

丑时，一切安然
姑娘无恙。卸下妆容
卸下衣衫，丑吗？
美得夺目，美人的存在
使得墙壁上开出花朵
花朵形的图案开出花朵
花纹一片片复活，带着芬芳来袭
最后靠一吻才能睡去

"一切忧愁和焦虑皆离我
远去，唯有内心的平静永在。"

清泉

日夜都在，交付出细碎的银两
没有多与少的记忆
凭借昂贵的声音，时大时小的发祥

形成一面镜子，闪闪映出日月
山麓，心中的沟壑
被注入和包绕且溢满

那份田地，黑暗中的领土
竖起衣领和耳朵的虔诚之所

哗变于清甜的腐烂的果实

自你身躯中流淌
至今漫过我的小腿
漫过我的多少弯路和直觉

静夜思

我知道你在，而我亦在
但我无法去言语，言语是不够的
而拥抱亦无可能以至于
只能揭下皮肤，露出真皮
那不带血的疼痛的现实
在夜里醒来，我放弃星球的黑暗
打开灯，上一趟厕所
喝冰凉的水，不围白日的风寒
坐在桌前——这点与你一样
默默地在一起，不发一言
像一头温暖的壁虎，缓慢地爬行
去掉掌声的最高分
去掉断尾的最低分
陷入正义的爱，难以戒去的灵魂
全部气力都在向你吐出信子
在隐痛中听取电脑的嗡嗡
听取你飞快的手指，每一个字都飞向别人
我明天就要潜入水下，明知那里没有金鱼
不具备深深海洋里的尼莫的运气
但还有心要试一试，把你完全挤出骨缝

我是中年男人

我是中年男人，请不要惹我

不要在我面前旋转，抽一支烟
露出冷冰冰的神色。
你说的话，你的体态
你的刻意或精心修饰的外表与皮肤
在三分钟之内，映入我的眼皮
进入我的鼻息，摄入我的耳廓
再过两分钟，大脑加工这些信息
与第一眼的观感进行对比分析
最后，得出你欲望与虚荣的配比
聪颖与美貌的构成
攫取世界的野心几何
瓷器般单纯的气质可真可假
我是中年男人，请不要惹我
我不转动眼珠，就已经将你的衣服
都已扒下，然后又严丝合缝地穿上
我将你揉开、掰碎，判断你想要什么
你人性中的弱点，你可以为我所取的
那一部分又是什么。
如果没有价值，或不感兴趣
你扮不了我的洛丽塔
你是我还没拾起就已抛弃的不耐

甜蜜药丸

喂你的药丸是为我准备的，
喂你的药丸是我胃的反刍
这舌尖上的秘密，怀揣
一只唇亡齿寒的兔子。
喂你的药丸滚来滚去，不肯
将甜蜜消溶，加深黏膜的黏腻腻
痛斥世上的行医人
为你的药丸汗津津，在雨天
治愈风湿与关节上的炎症
在晴天，蛮横地挥汗如雨

用土法掩埋，身体中过多的潜水艇
喂你的药丸，修复一大片
丛林中被砍伐的丛林，
只守一株，这待砍伐的红缨枪
为你的药丸，炼成驻颜的金子
其实舍不得给你，涂上蜜
内藏一个小纸条：
他年我若为青帝，
唤回两小也无猜。

想念

我在用传统的方式数羊，
我希望脑海里有一望无际的羊群
能把你赶出地平线，太阳落下
墓园里的灵魂和要早起的人
一起安详地躺下。
可那些羊群又一只一只返回来了
在午夜和凌晨，夜鸟的叫声
几近在窗前。最后回来的一个
手里持着鞭子，脸上露出
牧羊姑娘的微笑——我的姑娘
你不是睡去了吗，在遥远的房间
而我数羊后也将睡去，以此让
睡眠的袋子装下想念的绳索。
可最后，想念的绳索勒紧睡眠的袋子
你穿越羊群穿越羊群朝我走来

美的可怖

软弱、无力，都是美造成的
不良影响。滋生出占有、豪夺

对美的品性逐一把玩。
观看美，审阅美，为美而激动
毫发未伤却又摧心肝。
这是美的阴暗面，艺术家都是
失态的英雄。丢丑，赢得美。
为美而失魂落魄，不可终日
食无味，席无眠，营营苟苟
美的鸦片，就在神经的中枢中
放弃吧！放弃
做一庸碌之人，闲散的时刻
数钱，数人际关系
用快的刀，切向一只大羊。

在巴黎遇见波德莱尔

本雅明的拱门还在
回廊上的建筑，可交往
速写于本。本，你的
波德莱尔歌颂鸦片，这欢乐
治愈淋病，使他
精神焕发，重新占领
东方的仙丹。他速写
自己的肖像，挂在黑寡妇
的门口，让永久的厌倦
投上最后一瞥。他的哥哥
再也没有帮助过他，他的
继父也是。他的母亲
爱他胜过一切，却只在
心里。他的学校和老师
与他互相指认背叛。
不肯承认某种师承，
某种叛逃
而雨果，作为干果的一种
不似苹果往下掉。在书信

之后，结束伟大的互文
纵情相爱，受艺术庇护
债主为其安上尾巴。
"朋友们，你们
的存在就是为受伤害，
因为最显赫的才华属于我，而
声名与荣耀给你们!"
论战与雄辩，在旅馆的河岸边
回荡
咖啡馆的写作，不常有
只在女人的臂弯里，插上鹅毛笔
巴黎高师与之无关，塞纳河
与左岸与之无关，人犬互牧
与之无关，精神的蜡炬
时而熄灭，时而燃烧
正如无穷的革命密谋家
窃窃而语，在耳边干大事
这种忧郁，是错乱的拼写
糜烂之花开放于透明的黏膜
情妇睡去，围观的却是一个
中国人

谷登堡

我想让你帮我求爱
或者走向它的反面
强大得不需要这样

为什么印刷《圣经》呢
而不复制爱情蜜饯
这不能停下的机器

在清晨也还是这样
我对你充满着怨言

夜鹰反复修改句子

为什么不帮我求爱？
这本是求爱的发明
你却用来传递神恩

相爱

我就与你相爱吧，
既然答应了你
既然没有更相爱的女子
来与你争夺
你是永恒的女王，
唯一的冠军
在金光闪闪的殿堂，
只有一种回声，那是我的
别人都有更重要的事去做
只留下我，照看你的眼睛
酒杯盛满，夜晚来临
我不能化身夜莺歌唱
不能化身做救主，
与身心无益
娱乐的功能稍嫌不足
静静地站定，垂着上肢
时间没有使我陡然强大
却徒然伤悲
总惧怕失去这个职位
被更耀眼的事物迷惑

建筑师

他不知道，我也是建筑师

建筑秘密的花园
他侃侃谈论他所做鸟巢的局部
起始和缘由
在咖啡厅里看表
在国子监另一侧的胡同
对同一个待建的建筑出神

他不知道，我也是建筑师
我所想象的屋顶是巨大的虚空
却又盛满欢笑的酒杯
我的材料是内心的无数次倾谈
惶惑、犹疑、不安、揣测
将词语搬运，用语法搭建
一个移动的建筑。不断去设计
更优美的行文，锤打句子
使之趋于坚固。

他不知道，我也是建筑师
人们认出了他，
而放过了我。

公园

四处扔满书
水多于陆地
好花映水红
锦衣者与无衣者一起散步
夕阳照亮空气
大雨忆旧游
内心的光芒超过70%
饮酒者寻你不遇
云朵穿行于假山
好鸟当空叫
机械物做了臂杆

杂技驶向森林
人物从童话中出走
锡兵漂向海岸线
珍珠捡起三颗
忽然闻到饭香
与你一起散步
踢飞丑陋的石头

回音

你在哪里？
真实的存在。
准备背叛我吗，
还是依稀有些留恋
就此消失，要不
进入一条指涉的河流
我拿你没办法
除非，当作你很陌生
从头开始，与你相处
在你不在时，当作你在此在之外
当作你在另一个城市
另一个堡垒，受苦受难
或享受另外的欢愉。
更残酷的，是当你或已死亡
只余下每日淡漠的纪念
冲淡血液的上涌。

职业忧愁家

在嘲弄人生的伤感的人那里
她第一时间被想起

她不可终日，惶惶如书页
被风翻起。式微的记忆
被反复修改，从而加固
满身被藻类和灌木丛缠绕
像日记里的一只海狸

她赤裸着面容，不加修饰
笑意凝固在黄昏的布满血丝的眼角

但眼神是坚执的！听倒下的声音
闯祸的人进入祸里，动作熟练
拉响警报，坐卧不安
站着不动
报纸上滴洒着上一顿饭的残汁
像另一个世界的地图

还魂丹

你要我等100天，
但在99天时，
路人送我一颗还魂丹，
从此我和你还是好朋友。

无非有

你问我：到底是爱还是不爱？
我说：无非有。
我淡淡地说，你淡淡地离开。
你理解是好似无，
我想的是应该有。

大匠的构型（5首）

李建春

天牛记

一只花天牛到了我家，在水磨石的地板上
静坐。

他从旧纱窗裂开的缝隙爬进来。或许他以为
这里有光，寂静，而水磨石的花纹
也足以隐身

他错了。他惊恐，后退，张开长须
像京剧中穆桂英戎装的翎子
他的脸却像张飞

嗯呀呀，他唱道，嗯呀呀呀，末将差矣！
原以为进入了树叶沙沙，却是两只

鼹鼠，各自翻书，度生涯

新外王

时间的革命　在于时钟
给暑影嵌入钢
从此金属声在体内
嘀嗒作响　这是机械的纪律
在吴　太阳偏西的时刻

时钟打下刻度　时钟测算
海水和落日　将天地之气
输入云计算　一种直觉

以剃刀的锋利切入混沌
静候　一种浪费　突入功利

给世界画一道横线
以零作公分母　这是智者
凝望海平面的结果
智者撬开表盘下的零件
珍爱地　和着牛奶吸入

野性的步伐在单向的驱动中
靠近午夜转钟时刻
重新开始　开始又开始
无数个末日　在清算的会计师
无名指点出的小数点下

以十进位　忽大忽小
游走于拓扑的界面
服务区像本地居民
扔出的塑料袋　飘荡于宇宙
重者在下　轻者在上

有去无来的月　总是新月
廓清氤氲的空间
无嫦娥　无吴刚伐桂　探测器
无情的轮子　阿姆斯特朗的第一步
在照亮地球的圆满中

除了人还是人　没有别处
自鸣钟——我　拍响胸脯
让万历皇帝惊叹　让康熙
迟疑不决的　坚船利炮的
我　落入雍正判教的手谕

非法之法——走私
非法之法——革命
非法之法——最近在南海

扔下一张废纸——时间之国
嘀嗒　如何由《春秋》开出

新外王　在编钟的音阶上唱
一种缺失　不是格式化积累的缺失
而是无为的满和有为的止
一种缺失　在缩小的国界内
在废金属荒芜的洛阳

此中心——总是中心　面向天下
挺入五阴爻重重的雾霾
愿你坚定地走一条正路
周道如砥　一个民族的生机
重新测算古青铜　新合金的比例

万年藤

鸟的婉转
在满坡丛碧中
什么样的心
循着峻嶒　斧劈的石头
万年藤
也不能覆盖
美化的面目
这硬　这苦

风一样来去
湖光潋滟　诉说
钻戒的短暂
如闪电
箍紧的白骨
生命之舞

夜

滑脱在最辉煌的锦缎
包裹的
落霞大裸体的
酣睡中
可人儿衰老
如黑咖啡
热烈　不加糖地期盼
伸手爱抚
真

琳琅的居所
折叠如
礼品盒
一些事的蛛丝
无粘性地
放松

满地尘埃发亮
痛唤
把我带走
不带走

南岸北岸

水　并不安静　只是深情地溢出　也不是怕
打扰谁　这河　压抑的喧哗　输送一种影响
　一种形状　一种合作的意识
万物被水写　而水是无　创造一种关系后
就干了　水迹是别物（不是水）　是干货
被奇妙地提淬出来
南岸是河的背　晒痛而俯向水的　熊样　猥
亵地浸湿灼热的下体　水翻滚　溅出一声声
呼救　激烈地让开　又撞过去　花花肠子在
阳光下　历历分明地蠕动　激浊扬清　搅着

裹脚的碎步　病态的美
怀孕　到薄脸皮的沙滩上　试图表明清白
水抠入细沙　颤颤地挣扎
也不是一味地承受　北岸是河之阳　靠着自
家院子　祖胸露乳　开放于夏日的金雨　这
面受了　又翻过身来　草船借箭　阴阳合体
的太极图　卷走了一切

水总是向下　躲让那有为者的攻击　在一种
炙烤下满身龟纹
龟裂　吉凶的迹象　天机乍泄而消隐　水文
　一种文字　在坎陷中出现　静水深流的文
化　源远流长
水从两岸上升为云　云蒸霞蔚　看得见的庇
护　在湛蓝的胸膛上变化　小雨珠的泪　为
徒劳的纺织　大雨珠像连续的巴掌　每一次
打击
都撑起小花伞　珍珠激跳　痛苦　何其珍贵

水天的暴怒　窗框猛地合上　忧郁的忏悔
陈腐的气息　在无望的梅雨期　忽然云收雨
霁　呆呆地望着　茫无涯际　北岸南岸都没
有了　一种超出了哭的
广大　混沌的世间　万物脚下　就是它　收
拢翅膀　严酷的测试　水　汩汩响着　回到
界限内　成为之一

大匠的构型

大匠的构型　久已寂静
但它依然在繁殖　以白垩　砖块　零零碎碎
以清水的温柔和钢筋的怒骨
生长　钻入地下或高耸云端　最初的图纸
被反复篡改　走样　混搭的风格

太多意图出入其间　各说各话　或给大门旋出
整齐的门钉　或给垂脊安上脊兽　仙人指路
瓦当的图案　砖雕挖空心思　窗棂朦胧
门楣高耸　柱础对抗白蚁　开斜路　走后门

愤怒的烟囱在秋日下倾诉

这里依然可以居住　朱廊画栋
画满涂鸦　卫阙像两把破伞
这建筑的梦　像海底沉船　附着无数赘物
漂浮在晚晴颤动的　空气里
它的结构　无数次改装之后　依然明显
它控制着地平线　背靠群山　面朝大海
它原地不动像囚徒　却派出它的四灵
（青龙　白虎　朱雀　玄武）巡视东南
跟随郑和的楼船下西洋　循着海盗船和蒸汽船
犁开的海水抵达欧洲　美洲
泪花翻滚　巨大的轮廓　矗立在荒凉之上

也并非无人。这里住着富庶的遗忘
饕餮的怪兽　失学的孩子在游戏的界面内看见
透过走廊的油烟　蜂窝煤冷却的孔洞看见
在外来户无情地使用　拆卸　搭建的石灰
在滴水的衣裤　空调　和善良的晾衣杆
空荡荡　光滑的包浆上看见
像进出的招待所　影剧院门口持续曝光的
空地——它不得不自我清空　吞吃外饰　附件

甚至内脏　肌肉　循环的血管　咬到只剩
骨架　而依然屹立　投下长长的阴影
在它住户的梦里　地不分南北　人不分
老幼　一进去就是主人　一进去就懂得
他们做了同样的梦　或模糊或清晰　同样地

余韵悠长　像味精　微妙地调整　他们若
挺直一点　就会邂逅奇迹　在响亮的清晨

他们乘坐大巴莫名地跨过障碍　像越野车
在连绵不断的风景中　甚至满地泥浆
也瞬间变成高速路面（既然如此推崇）
这平稳　所到之处都是新城　而新城
是不朽　何其宽大　何其自觉

大匠的构型　虚铺在原野　活的建筑
恢复如雨后　悠闲的引廊　阶陛　清洗一空

庄严的华表　如新近流行的发簪
庑殿顶公正的线条延展　或大如宇宙　或小如
核桃的微雕　脑神经末梢的建筑
它的住户　子孙　无论多么不肖　也可安居
丙申年六月

草原上只有酒杯（20首）

轩辕轼轲

第五大发明

其实除了二十四节气
平反
也可以称为
第五大发明
前者使人间的冷暖
有了名字
后者使人间的名字
有了冷暖

2016.12.2

最小的飞机

从鄂尔多斯回北京
我乘的是大飞机
从北京回临沂
我乘的是小飞机
从小区回家的路上
我平伸两臂
跑了几步
突然意识到
自己就是一架
最小的飞机
里面连一个空姐
都没有

2016.6.12

成吉思汗的部队没有粮草官

每个人都要
自备干粮
牛肉干
羊肉干
奶酪干
压缩饼干
只有马是湿的
它只有不停奔跑
才能避免
倒下后被制成
马肉干

2016.6.9

你拍一，我拍一

他举着手机
拍广场时
广场也举着探头
拍他
为了让广场
拍到真正的背影
去西单的路上
他没有回头

2016.6.14

鱼儿有话说

听到新科普利策奖记者说

你们吃的每条鱼
都沾着奴隶渔工的血
鱼儿说
其实你们吃的每条鱼
也沾着鱼的血

2016.4.20

粥与打黄盖

苏格兰有位
109岁的老妇
公布了她的养生秘诀
多喝粥
少碰男人

2016.4.20

走下去

走到悬崖边了
还想继续走下去
我缺少一双
把虚空踩实的脚

2016.4.26

晨起倒牙事件

一醒来

感觉有些倒牙
于是检点
昨日的食谱
中午肉夹馍
晚上辣椒羊肉
蘑菇汤
还有金枪鱼罐头
对牙齿应该
不构成威胁
肇事者只能锁定
振华商场买的
那罐一升的恺撒白啤
这才发现
还是德国人厉害
别说倒牙
连柏林墙都能推倒

2016.5.26

额头撞蜜蜂事件

一只额头
穿过解放路路口时
和一只飞行的蜜蜂相撞
额头用右手的刮雨器
使蜜蜂侧翻在地
蜜蜂用针刺的保险杠
戳破了头皮
额头赶紧停靠路边
跑进药店
找到戴着无檐帽的清凉油
处理本次事故

2016.5.23

520口占

一醒来
收到"我爱你"的人
有点小满了

一醒来
收到减肥茶的人
有点丰满了

2016.5.20

人间安静死了

刷完朋友圈
再逛大街
发现人间安静死了
没有人用头跳车
菜农蹲着摆摊
市民弯着腰挑菜
活人们用腮帮子
不断甩开扑面的白毛
直立行走着
要不是有马路托底
真像从远古来的

2016.5.10

雷翻太平洋

他们不仅
雷翻了太平洋

还把波涛挂在半空
让每一个仰起的脖子
都恨不得领口上
长出救生圈

2016.5.10

草原上只有酒杯

我离开鄂尔多斯时
欧洲杯正好开打
看着手机上
火柴盒般的赛场
我哑然一笑
那里的草原
面积大得可以裁剪出
十七万个绿茵场
供上百万名球员
同时踢球
但是那里的人们
把干杯看得
比欧洲杯重要
他们在草皮上举起酒来
载歌载舞
把插不上腿的球星
挤回了欧洲

2016.6.13

抹布之路

与那些长途跋涉

穿越丝绸之路的人比
我骑着骆驼
溜达的这个来回
顶多算是抹布之路
时间一到
领驼员便降下驼身
轻松地把我
从驼背上抹去
打印完快照后
我回头一看
刚才那艘载过我的
沙漠之舟上
又端坐上了另一位
内地的哥伦布

2016.6.14

软肋

面对烤羊排
我咽了一口唾沫
随即发现
人类的食欲
才是羊身上的
那根软肋

2016.6.14

在恩格贝仰望星空

星星朝眼里蜂拥
这个被别人用滥的句子

在草原之夜抬起头时
依然把我蜇了一下

2016.6.15

在响沙湾迷眼时想起赫胥黎

虽说是一沙一世界
但为了更好地看清世界
我还是把吹进眼里的这个
美丽新世界揉了出来

2016.6.15

鄂尔多斯之泪

鄂尔多斯的路灯
像下垂的水滴
2008年金融风暴
席卷草原时
当地人把路灯
称为鄂尔多斯之泪
几年过去了
鄂尔多斯
又恢复了笑容
深夜喝完酒
我们从饭店出来
看到亮了的
鄂尔多斯之泪
已经从面颊
滑到了脖颈

成了项链
2016.6.9

善曲高奏

北京地铁上
有位老者
用口琴演奏《长亭外》
他胸前的牌子上写着
善曲高奏
虽自称善曲
但和主旋律
还是有点差距
就如从地安门
到天安门
抵达之前
姑且称为
次旋律

越是没名字的地方记得越牢

在康巴什
东道主在席间
谈到无定河
令人马上想到了
未名湖
河边的尸骨
是一代代春闺的
梦里人
湖里的水花
是一个个老舍的
龙须沟

世界上有过这样一个女人（9首）

颜梅玖

你的孤独

在你的孤独中，雨越下越大
你提起的事情
我一件也不记得了
我们之间，连回忆
也变成了你一个人的事情
我几乎失去了记忆
或者说，庸常而忙碌的生活
让我顾不上回忆
更顾不上生存之外的事情
现在，我只记得眼前的事情
我忘记了曾经富足的日夜。上个月
我连母亲的生日也忘记了

做晚饭时，我又想起了你的孤独
一个土豆被我削了很久很久
昨天我发现
我的头发又白了一些
我放下土豆，开始温柔地给你回信：
是的，是的，亲爱的，你瞧
你说的那些事
我全都记起来了……

青菜

傍晚，我又买了一篮子青菜
我把它们浸在水里

这些经过霜的青菜
我已经吃了一周
当地人叫它青菜
我不可抑制地爱上了这种味道：
绵软甘甜
在南方六年了
我还是第一次把它端上餐桌
我仔细清洗每一片菜叶
菜茎圆厚微青，腰身紧束
如丰腴的女孩
很像我们北方的油菜
那时候，爸爸还活着
我仍记得第一次吃油菜时
那种古怪的味道
我一直讨厌蔬菜，尤其是油菜
眼下水中的青菜油绿脆嫩
令人一见钟情
当我跟朋友们谈论起青菜
四川的朋友说，这是瓢儿白
上海和广东的朋友说，这是上海青
河南的朋友说，这是硕菜
江西的朋友说，这是油白菜
台湾的朋友说，这是青江菜
可是北方的朋友却告诉我：这就是油菜
　　"味道绝对不同"
我竭力辩解："我怎么会忘记油菜的味
　　道？"
我马上查阅资料：除了油菜
它还有许多小名：
芸薹、寒菜、胡菜、苦菜、薹芥……
我惊住了：我怎么会不认识油菜？
这肥嫩的叶子
这活泼鲜艳的绿
我呆呆地看着沥去水分的青菜
水槽里的过滤网已经朽掉了
再也拦不住残渣和深渊的拥抱

而记忆的活塞显然也出现了漏洞
我在厨房里站了很久
阳光已经去了西屋
我打开燃气灶，开始翻炒青菜

奇怪的小鸟

这些小鸟多么奇怪啊
每只都美得那么炫目
它们从波兰，秘鲁，波西米亚，东非，南美
　　洲和太平洋
飞到我的手机里
或双翅微合，或曲伸颈项，眉目传情
它们炫耀着艳丽的羽毛——
鲜红，灰蓝，猩红，青绿，鹅黄，珐琅蓝，
　　柠檬
橄榄绿，红豆灰，莹白，玄青，粉紫，墨
　　灰，钴蓝
茶绿，红褐，苔藓绿，灰棕……
我居然数出了128种颜色
谈到它们的名字：
蓝凤冠鸠，安第斯冠伞鸟，啸鹭，知更鸟
萨克森凤鸟，姬鹬，蕉鹃，大军舰鸟，角蜂
　　鸟
印加燕鸥，鹩莺，巨嘴鸟，极乐鸟，鲸头
　　鹳，流苏鹬
冠斑犀鸟，王霸鹟，黑脸琵鹭……
多奇怪的小鸟啊
35种小鸟。多奇怪
你走后，我什么也没做
我只是把它们的名字都记住了

午夜

兼致米沃什

一直拖到饿得无法坚持时
才来到厨房。之前
我在读一本书
我用土豆和红香肠焖了点米饭
不过忘了放橄榄油
吃的时候，我又读了几页书
窗外传来汽笛的鸣叫——
有多少次，我在夜里醒来
以为那是开往家乡的火车
我拉紧了窗帘
坐在陈旧的棕色圆桌边
遂又想起书中那个患有
怀乡病的波兰人——
人们称之为"一棵无根的橡树"
现在已经凌晨一点
我远方的孩子一定在熟睡
而我的窗外
万物寂静，一轮明月孤悬

世界上有过这样一个女人

基督徒。但拒绝受洗礼
她在上帝以外存在
她剥夺自身
拒绝糖、苹果和多余的食物
拒绝主流
拒绝上等人
拒绝偶像和奴役
甚至，理论上拒绝祖国
她是个奇怪的女人

男士贝雷帽。怪异的圆眼镜
沾着泥巴的士兵鞋
斜视、驼背、生硬和不由分说的决断
她举止像个男人
做起事来像个男人
她愤怒起来像个男人
她的追求像个男人
她是个不习惯做女人的人

她皮包骨头
长期拥有麦角胺咖啡因、链霉素
和四方掷来的石头
她谦卑也高傲
她生在法兰西
有关押不住的犹太人的面孔
她善良而贫穷
她热爱人民
她拥有先知的智慧
她尖锐如钉
她是个总被人误解的女人

她一生都在寻找光明之路
在阿尔斯通、雷诺的工厂和农场
在巴塞罗拉、伦敦……
34岁那年
她整个人完全进入了黑暗时代
在异国伦敦
这个不安分的女人——西蒙娜·薇依
又拥有了一座穷人的坟墓

最后的旅程

从两只眼睛看，她还相当年轻
这是一个小个子姑娘

我们跟跄着跟随她来到了化妆间
黑色工作服
蓝色口罩和塑胶手套
黑色的化妆箱里，摆放着刷子和
各种上妆的物品
她先鞠了一个躬
然后开始修剪他的眉毛、指甲
接着仔细地涂抹他蜡黄、消瘦的脸
她动作娴熟而轻柔
昏暗的光线从小窗户口透进来
增加了几分肃穆
他躺在那里，十分安详
看起来没什么不舒服的，除了身体
明显缩小了一圈
　"如果躺在这里的是我……"
我闭上了眼睛
现在是早上八点
我没有哭，我想起了我的爸爸
十年前，他也躺在这里
但是很多事情我都忘记了
十几分钟后，她停了下来
　"不要哭，让他平静地去吧"
她低声而温柔地制止了我们
　"他就像睡着了"
　"再也不用忍受病痛的折磨了"
大家相互安慰起来
重新焕发生机的面孔令人得以些许慰藉
他上的是普通的粉妆
肤色自然，鼻梁坚挺
一顶咖啡色的鸭舌帽恰到好处
口袋里还放入了一枚鱼形玉石
我们的老爷子，已经完成了他一生的天职
平车缓缓推动着
我转过头，看着最后一个去处
那里距此，不到十米

乡村葬礼

那是一片葱茏的田野，刚下过雨
他和他的祖先将在此相认——
躺进晚年的房间
五月，万物繁盛
杨树叶子闪亮，哗啦啦作响
几只白蝴蝶摆动着它们的翅膀
在嫩绿的草茎上起落
玉米苗已有半尺高
二十四个人，轮流抬棺
步履迟缓
新打的棺木散发出红木的幽香
唢呐声破空而来
追赶着细长的小路
鞭炮的纸屑不时地落在草垛
小路和孝袍上
村民缄默
偶尔轻轻叹息
现在，他安详地睡着了——
在世界的背面
那是他的烟酒
他的纸牌，还有
一副磨得铮亮的铁饼——
那些他生前的所爱之物
都一一摆放在棺头
主事一丝不苟地执行着复杂的规矩
最后一刻，才将沉重的房门关闭
不再和这个世界有任何关联
新堆起的坟冢，撒满了谷粒
鸟雀将会在此愉快地啄食
坟头那片大葱
也会被牛羊细细咀嚼
现在，鲜花锦簇着新坟。几个小时后
它将沉入夜的湖泊

命运

我敲打着数字
就像敲打着
一串串能改变命运的密码
十年前
在我老家
他们喊我俊俏的老板娘
那时候我还年轻
也有好色之徒想和我攀谈
但我只想看书

我厌倦这份工作
可有什么办法呢?
我下岗了
我一边熟练地敲打着机器
一边绝望

该死的彩票站
该死的小个子酒鬼,泥瓦匠
该死的梦想
该死的生活

但我总是微笑着
接待每一位顾客
一年下来
我赚了不少钱。而这些倒霉蛋
没有一个在这里实现发财梦

非虚构

黑暗总要暴雨一样来临
天空总要迸射出愤怒的闪电

悲伤,也会赤裸着走进我们。就像
喜悦也曾经到来

血红的玫瑰犹如疯狂的欲望
在夏日的花园里发散出毁灭的气味

飞虫陷在山胡椒的光彩夺目
露珠里也隐藏着致命的危险

有谁懂得你正在忍受鞭笞之苦的生命
尚在怡悦之年?

时间终将一切磨损。美在静静开放
只有死亡在暗中松动我们的每一根骨头

我喜欢简单的事物（10首）

离离

拥抱

我们在床上拥抱
月光被窗帘挡住一部分
我们在客厅拥抱
亲人都出去了
我没有别人可以依靠

年轻时我们拥抱
从来没想过以后会是什么样子
你吻我，然后推开房门出去
你带着我的灵魂
在荒郊野外抱着我
你用一株枯草抚摸我，那年刚下过大雪
你用雪地上干净的脚印

爱我。你回来
用眉梢上的霜
再爱我一次

我怀了你的孩子
只这一次
你输了

致——

我快要老了
还走城西这条道
如果亲爱的你来看我

像个储满了欲望的水罐
让我在老去之前
抱着一只粗糙的罐子在西城区
走上一回

让我抱着粗糙的天空
一只孤独的鸟
无法言说的美

赞美

清晨我听到鸟叫，听见雾气打湿枯树枝的声音
听见自己在新空气里醒来
发丝上滴下小小的歌谣
——多么美
这个世界除了赞美自己，也赞美了我

童年

这个小城没有我的童年
只有我正值童年的孩子

他的双脚从被子里呼之欲出
他在熟睡，蓝天刚刚被打开
这一对将要飞起来的鸽子
我俯下去，吻
似乎要沉入大地
我爱这小小的峡谷、激流，和他喜欢的

广场的石羊，或在马路的一边
和小朋友玩弹珠，他喜欢一半英文一半汉语地
和我说话。他的玩具，笑嘻嘻地躲在卧室里

等他放学回家。他说
我爱你妈妈 ——
他一口气朗诵完十几首诗歌
他在每一秒溜走的时间里
慢慢长大

那时候

那时候是一群
童年的孩子，在乡下
我们都穿布鞋，扎小辫
喜欢像蛐蛐透明地叫着
春天时爱杨柳，爱小四家的哥哥
夏天时村口放电影，我们坐小板凳，嗑瓜子
那时候月亮很大
一抬头就看见
它挂在堂叔家的阁楼上，堂姐在秋后出嫁
我们都羡慕的
新娘子，披红戴绿
冬天的雪
很快就掩埋了
玉米地，麦垛和柿子树
麻雀叫着，从一朵枝头飞到另一朵
树木比任何时候都空旷
那时候天很蓝，我们
赶着母羊和羊羔，羊低头吃草，再低头时
草就没了，我们眼里只剩下
成熟的田野
和光秃秃的田野

蝴蝶

我这只蝴蝶，就是为了你
开的，就是为了

一生再也不会出现的
少女时代开的

我和花朵拼命
挤在一起
就是为了你能看见花
也能看见我

我愿意

你不必对我承诺什么
我愿意是蓝，你抬头看天
你想我
是蓝背后的一滴
是你低头间，眼底隐藏的
那些湿，我愿意
顺势掉下去，永远
愿意承担风中那些由我而起的
紧张、骚动

像风
突然而至，每一次出现
都是一种意外

做一件悲伤的事

我偏爱悲伤多一些

因为照片上
妈妈不再是美人

她可以往脸上涂胭脂
走在黄昏的街道上
米面、蔬菜和水果，甚至药丸
都挽回不了
她曾经美如清晨的容颜

——妈妈
我情愿不停地洗这些小白菜
小芒果，小田螺
小小的物件
把母亲养成老妇人的
小东西

我情愿以此来证明
我的悲伤
源于他们

绳

小时候喝过几年羊奶
我把我的母亲　用绳子牵着
带她去吃草
带她爬在陡峭　但是草茂密的地方
后来他们把她卖了　我的
作为羊的母亲
在她眼中　我是另一只小羊
她简简单单地爱我　喜欢用头轻轻蹭我
被牵走时　她回头
叫我——咩

我宁愿从此

改名叫
——咩
从此，我没割过草　也极少踏草而过
我只愿她们自己枯了　干了　烂在自己怀里
从此我再没见过
绳子那端的
白茫茫的爱

我喜欢简单的事物

全世界的路少一些吧
那样我出门就不会再迷路

全世界的颜色
只留着白色吧
孩子你想画什么
就画什么
孩子你重新描绘一个童年吧
天空的风筝多了
是靠不住的

风也别换着方向吹
风也不要吹完大海就吹回西北
风也不要带着鱼腥味
和战争的味道吹

风请沿着一条铁路
拼命吹吧
我希望那个方向
总有人回家

镜像之美（7首）

娜仁琪琪格

彩虹

我看到彩虹时，她是泪水洗过的双眼
在佛的恩慈与安抚中，返回红尘。
我要感谢众多的停滞，等待中每一分秒的
无限漫长；感谢横生的枝蔓，宁静的时光中
那些突兀的
伶俐。冲突是无处不在的，我所忍住的
言辞，放下的对峙
在佛的面前，修的是心性。

当我再次起身，在隆冬浓重的北方
数九寒天，孩子水亮的声音，叫出彩虹
七彩的光焰。我看见它们从万物中升起时
水灵灵的，先是从地心升起。

穿过彩虹的光焰，我的惊喜
说出冰花的水亮，柏树的枝蔓
捧出丰饶的白菊。纷披的恣意垂落大地
垂落进萧瑟的蒲草，绵延的忍冬青。那些静
　息的
就迸射出光——

我要说出的是：
那一束束的光焰，不是彩虹，是麦子的
舞动与风涌
是七彩的麦浪，吹拂尘世的生活。

朝拜

阳光涌流铺满金黄
我绕过了山重水复　叠嶂万千

天空把水蓝　把宁息　静止的风
撒向昆明湖　昆明湖用冰肌玉骨水亮的辽阔
讲述洁净　讲述世界原本可以这样

我是一只倏忽间飞过的鸟儿　我是染满尘俗
却心向无尘的肉身　向万寿山行走的每一步
都是朝拜　每登一个阶梯都是提升
也都是放下

在众香界　在智慧海
我与众生一起被天光照亮　被慈悲洗礼
我通身暖亮柔软时
正是回到婴儿的诞生里

佛乐里

在静谧的时光里，颂咏经文，佛乐萦绕
泪如涌泉。在某一处停下来
啜泣不已——
悲怆苍凉，都找到了出口
那些抵抗放下了坚忍，一层又一层的铠甲
——放下
一层又一层的包裹
——放下

万物苍茫，我不过一株草木
佛啊，在您的面前，回到柔软
青葱止漫过，每一寸肌肤
青葱使荒芜抬起绿意

佛前

我泪流满面　不是因为我悲伤
不是岁月沉积下的酸涩与疾苦
也不是生命的潮汐涌动

泪流满面　是因为我吞下了苍凉
隐忍了独怆　沾染了满身的尘埃
依然爱着当下
爱着涌动的万物　季节的因循

是的，我依然相信美好
相信慈悲

嘘

我看见雪在寂静地开
把大地开成白　把层林开成白
把河流开成白　把山峦开成白
把楼宇开成白

把一个清晨开成白时　我被白开成了白
我轻轻地"嘘"一声　也开出了白

童话

此刻　我有万亩云田　一条浅蓝色河流
阳光倾覆的寂静　安详得柔和
一千匹马　止住的奔腾　无以计数的企鹅
放下呼朋引伴　每一只雪豹都竖起了耳朵

不动　不动　万物不动

聚敛着千古的光　聚敛着千古的静
让路于你微微的鼻息　睡梦中的浅笑
我的凝望——

我的凝望啊　穿越千万年的长堤　风雨
几世的渊薮　抵达这一刻的温软　静寂
云海之上　霞光退去

镜像之美

收回了波涛　收回了汹涌　收回了
翻卷的浪花　强烈的冲撞与拍击
它轻微地喘息　回到镜像之美
宁静下来的海　让位给物象峥嵘

所有的梦都曾来过——
褐红　明黄　赭黑　浓重的墨绿
苔藓细软爬上岩石　那些林立的坚硬
长出亚热带的丰饶　水一汪牵着一汪
这些来时的踪影　去时的足迹
照得见蓝天的蓝　云朵的白　星星的眨眼
照得见一条小鱼　对天空的仰望
一只招潮蟹　弹奏的歌谣

而我在这里为海妖还魂
在海蚀布展的平台之上舞动　辗转
俯身下去　岩石的沟壑是水的舒展与腾飞
伸手轻抚　板结的地表披上柔软的绒毛
——千万只海兽在酣眠

在布尔津咖啡馆（8首）

马越波

2010年8月18日风雨大作，至傍晚停歇

许多事重新开始。微弱的霞光
水滴落下后的树叶
废弃的木棚，已经干燥的石级
仿佛不曾发生过什么

我已年届四十，亲历了这些
不能像一张纸揉成一团
窗外的景色更久
反复地几乎不变地摇晃

什么是可以坚持不懈的
黑夜正慢慢覆盖群山
你坐在椅子里，双臂搁在桌子边沿

白色细颈花瓶插着早晨采摘的枝条

它们如何战栗？如何静止不动
就是在白天，在阳光底下
此刻，我抬头望着云层
像一个少年在天空中辨认自己

良渚

她望着玻璃门外
两个孩子映照在阴影里
一前一后，端坐在桌旁
他们身后是摇摇欲坠的书架

树梢上的叶子有一些微光
一个路过的男人，佝偻着
大衣敞开了一半
她看他走，越过孩子的头顶

背影在不远处沉浮荡漾
哦，多年甜蜜，斜倚在膝
她仰起脸，听你说话
我们在摩天轮，在庙宇内

沿着一条歧路，往更南方
没有露水的大海边
父亲和儿子，喝酒，抽烟
她在沙滩上站着像站在山坡上

在布尔津咖啡馆

我只看见一部分额尔齐斯河流过
杂货店的隔壁是人民银行金库
县医院看上去像一家崭新的寺院
树都是新近种下，彩色房子也是

这应该不全是真的，从窗口远眺
树林已经开始移动，然后是草原
石头，发电厂和煤矿中间的道路
昔我往矣，杨柳依依，今我来思

对于不关心的人，布尔津和杭州
没有区别。我穿过一间新亭子，
又会遇见门廊里打瞌睡的水果摊女孩
正午的阴影正慢慢生长

滞留的白天也将消逝
镜面玻璃中，你斜靠着椅背望向我

服务生掀起灰色帘子的一角
几个年轻人在幽暗的包厢里

午后

飞机接连从天上掉下
我捧着一本旧书
在窗外杨树的阴影里
美人身上流淌着汗珠

古诗不会这么乱写
新宝塔在山顶泛着日光
湖面消失了，没有轮船
南方已经没有茫然不解

桌上一株散开的兰花
一片一片正在腐烂
广播里传来歌曲
他艰难地思前想后

明知美好的，肉体也是美好的
低矮的树林在河岸边晃动
白鹤停在天井中
热天午后什么都不再发生

致友人

二〇一三年的夏天
树叶在上午就开始枯萎
你没有来过这里，不知道
群山之内，鸟已飞尽

她最后一次登上不高的小坡
看着忙碌一天后回家的人
同伴斜靠在近旁的树干上
细语模糊，暮色青青

和你一样，我热爱街道，半夜读诗
不至于疯狂
磕磕绊绊地跟随和倒退
至今不至于消失

没有仇人，只有虚弱的爱人
他们都在努力认出你
在秋天和严冬没有到来之前
像一对情侣

无题

雪已经停了，我来到湖边
没有一点消息
它们正在消逝
低低的树丛，屋顶，重叠的山峦

雪已经停了，夜里睡得太沉
想起的都是旧事
没有你，也没有险境
一下一下落在近旁

雪已经停了，就像没有发生
美景不会出现
洒水车清理着路面，变得无瑕
孩子在荆棘间奔走

雪已经停了，我还是见到你
太阳落下来

然后是夜晚，春夏秋冬
能够停滞的都在这里

约会

小绳子穿过白色的束胸
我走前面，你跟随在后
暖阳从头顶掠去
几个游人树林边徘徊

像深情短促
一半黑暗一半光明的事情
映出暗淡的白色
叶子收拢，枝条低落

古老的停顿，丢弃
没有律法，也不抒怀
"深山险路"，她说
迟疑，像是告别

坐在酒店外面
风吹开了你的头发
有着彩色羽毛的鸟飞来
斜坡上，车子缓缓而下

致妻十六行

我们慢慢变老
不再每日做爱
春天没有落下很多雨
陈旧的山峰在湖水里

新的像是另外一个世界
透过头发，云层
各自思念空想一样的失去
有时候停下来，站着

没有前往深山
在庙宇内跪下
不能阻止跌落
醒来已是午后

一个没有声音低鸣的午后
一枝月季花插在汽水瓶里
灰尘映着光线颤抖
世间并不只是美好停留

待在荒芜的当代（9首）

江汀

寒冷的时刻

寒冷的时刻，
我生存在你们的谈话中。
转瞬即逝。前面是一个女孩，
她正慌张地走上公车。

车厢里的空间如此蓬松，
被宇宙吸引，从窗户溢出。
漂浮在文学史中，也失去清醒，
时间被搅拌均匀。

自然在回收。它关注一块碎片，
甚于整座城市的厚重灰尘。
抽象的生活适用残破的比喻。

睡眠困难将访问楼群。
忧愁从座椅升起，作为两千万分之一。
我走下车，忘记人和世界的紧张关系。

2015年夏，给王炜

待在荒芜的当代

待在荒芜的当代，不如做一个梦，
跃过数十年岁月，直接到达老年。
但此刻我清晰地听到，
旷野里传来音律的碰撞声。

而梦在我们这里贬值，
像秋日的草堆，等待焚烧。
也许内地深处的某个村庄，
仍有温顺的古代讽喻。

站在山顶观望，公路有如风箱，
几百辆汽车发出轰鸣，
融入永无止境的拥挤。

天地间仍有某种宽宥，无人认识。
星星像探照灯，嵌在黑暗中，
它们曾目睹的历史荡然无存。

2015年夏，给昆鸟

我曾原谅了生活

我曾原谅了生活，
但南方正在起雾。
那犹疑的背景正是
这座傍晚中的城市。

有时候坐车，有时候步行。
目光接管世界的秩序。
面部的光彩维持两个小时，
悬在荒废的地下入口。

它像手艺跟随着你，
等候衰弱和疲倦到来，
在终极性形成之前。

在餐馆，我把握了自己的悲观，
它依赖于一枚薄荷叶片，
而橙色工装的人们当街睡觉。

2015年冬，给王东东

黄昏

偶然地明白，我向人谈论的自己，
是构建中的另一个人。
也许这有碍于时间的公正，
但它持续地制造雾气。

他曾是通灵的人，敏感的人。
窄小的星盘缓慢地旋转。
这些当然不是谁的本意：
粗野的现实弄坏我的诗行。

多么寒冷，待在护城河边，
现在它正结冰。我暗自希望，
有一个小孩从什么地方走来，

请我向他提供帮助，
仿佛某种毕毕剥剥的声音。
至少我将在这里度过黄昏。

2015年冬，给张杭

我们总是需要时间

我们总是需要时间，
去理解初识的朋友。
从台阶走下，停留在底层，
驱散那里的一阵雾气。

步行回家，路边的窗户敞开，

那么多的生活供我们取阅。
可是有一种仍被遗漏，到处游移，
访问所有沉默的人。

一天前所未有地漫长。
从现在开始，钟表不再值得相信，
你进门之前，街区已经变得腐烂，

尽管树冠上的风筝还在。
你可以说出一个词语，
而它的读音，肯定已然改变。

2015年冬，给赵晓辉

灵魂否认这样的蓝色

灵魂否认这样的蓝色。
清晨，窗玻璃上的水汽退去，
我们刚刚离去，却意外来到
一个陌生、全新的地方。

仿佛一个时代已经结束。
而我依然感到睡眠不足。
有人开始描述室内的陈设；
接着继续多年来的争辩。

总有什么仍忠实于我们。
我记起自己，曾在何时走进一个宅院，
这样的身份模糊不清，

但躺在那儿，我清楚地听到
整个晚上，围墙外面的胡同里
始终有人走动，拖着行李箱。

这片街区已经拆除一半

这片街区已经拆除一半，
不知道以前是什么样子。
我跟着一盏灯穿过楼群，
如同行走在冰面上。

我曾渴望世界上的寒冷，
后来它们包裹了我，毫无用处。
而这样的日子也在逐渐消散，
仿佛偿还给天上的某人。

我已不能回到童年的家中。
假如可以，梦中的一次经历
也会召回意义，我也将明白

自己和言辞紧密的联系。
但我始终醒着，沉默地观察，
像在黑暗中触摸明镜。

2016年春

南城充满窄小的街道

南城充满窄小的街道，
正午的叶片包裹着蝉鸣。
火车从隧道口隐去，像一条蛇，
蓝色亚麻裙的女子打着伞走过。

仍然是午后。突然涌来灰暗的沙尘，
我只得进入店铺躲避。
世界改换了它的样貌，
一片积雨云下，众多的人在等车。

我和生活隔着一层视网膜。
仿佛我随时能走出去，破门离开，
但每一步都踩在复写纸上，

这一切已经成倍地发生。
我们在图书馆庭院观看雨景，
就在那时，念珠的绳索开始松弛。

惊奇

这种惊奇，如今重新聚拢。
当我想起旧日作品的主题，
在路上，像一颗砾石似的觉醒，
远处的池塘轻微地摇晃。

但旧日的困境消失了，
像河上缓缓驶过的运沙船。
转过身来，我看见一位疲惫者，
他的目光奇异而低沉。

今天我仍然回到城市的北部。
我感到惆怅，也因为背包里
还有一本李商隐诗集。

深夜独自躺着，花园里传来声响，
雕像即将启口说话。我静静聆听，
听它像一阵幸运的雾气降临。

2016年夏，给王琳

我走在诗歌的绿荫下

我走在诗歌的绿荫下，
看着天色渐渐暗淡，
舞蹈学校的孩子们放学，
一辆辆汽车拥挤着通过。

这道围墙狭长又苍白，
像是人们提出的某种要求。
像是被遗忘的生活习惯，
那种慰藉，我已经不再需要。

整个世界像一只玉壶。
这样的傍晚适合于风雨，
但我不能为日常的事物分心。

回到城市的北部，像住进森林。
总是有人想同我说话，倾诉什么，
他们的声音越来越繁重。

杭州记（9首）

黄海兮

人间

西湖的静物之中
最高耸的是塔吊
建造中的商业地产
已经比十三年前我到达的杭州
翻了几番
人间莫过如此

我关心的越国西施
相比这楼市
相比这米酒
相比这龙井
相比这片儿川面
我空有一身豪气

也只能临渊羡鱼

西湖

朝的妖
美成了西湖的影子
却凛然一身正气

给谢宝光

那一夜，我可能没醉

在石桥边　路灯下
谢宝光　西湖边
我们说了很多话
我都忘了

那一夜，我最想打个电话
给白蛇
告诉她，杭州的得意
富贵了自己
便宜了人间

那一夜，我误拨老婆的电话
她说：嘿，你妖气绕身
我说：没错！
杭州有妖
但他是个公的
他叫谢宝光

宋词

我在杭州
本想入住民宿
在里弄巷道
听吴侬软语
喝些小酒
看一场南戏
想些人间悲欢

古之南宋
今之杭州
是否适合我这个小诗人
浑浑噩噩？

狮城

一条新安江消失在千岛湖
两条街道消失在淳安县
三条里弄消失在民居
四条禁令消失在声音
五条颂词消失在典籍
无数条鱼消失在千岛湖

但只有狮城，它已经消失
却在千岛湖的盛名之上

海瑞祠

在海瑞施粥的雕像前
一个少年学着海瑞的模样
他说：
小生这厢有礼了

淳安土特产

广而告之：
淳安土特产的出产地都是千岛湖

卖花

深晚的雷峰塔下
一个卖花的女人
强卖三朵玫瑰给我
环顾四周

我无人可送

我只好请她代我送给白蛇
她问其原因：
——你和妖比
有天壤之别

雷峰塔如果倒掉

雷峰塔如果倒掉
从塔底出来的
是人吗
是妖吗
我不关心

但歌舞升平的西湖
从此多了一项收费表演：
人们排队等候
搂着她一起
和人妖跳现代舞

今夜，大雨滂沱（8首）

姚彬

今夜，大雨滂沱

我还在广州睡重庆的觉
雨从贵州下了过来
花从昆明开了过来

广州大雨滂沱
睡觉小于大雨
睡觉删减了细节
大雨结构庞杂，姿态丰盈

二十年后，我会如此补充：
白云机场，大雨滂沱
一把红色的伞不断降低
抵近睡眠

今夜，我将隶属广州
做重庆的梦
但别想把雨删掉
别想做无法无天的事

今夜，可以酿酒
可以更改花期
可以相安无事
可以躲开众人

今夜，大雨心安理得

六十岁

过了摘花的年龄,所不同的是
虫鸣小气而绵长,被惊吓,还是被利用?
分和秒在交配,旁若无人

活到了和春天争小妾的年龄
像还在接受某项任务,误入月光深处
光和影平分秋色,善与恶下落不明

燕子被废了武功,鲤鱼上岸作揖
谁还在用烟袋敲蚯蚓的脑袋

对天马行空的最新注释

秋风瑟瑟,牛羊回家。一匹孤独的马
野火盖过炊烟,斜阳灌醉鱼虾。一匹孤立的草
大雁逃学,乌鸦改嫁。一匹孤绝的天空

自知之明

我没有实力买下蚯蚓的坟墓,苍蝇的丧钟
我不独自偷欢,我不可靠
我不鄙弃小人,我体力不济
我不要大欢喜,我精神出轨
我不走独木桥,我肉体宽阔

邀约几个词语……

邀约几个词语下山,安放一个在炊烟里,和

轻飘飘搭配
安放一个在悬挂的羊肉里,和血淋淋作对
安放一个在床上,和睡眠争夺你
可以试试,你如何在半醒中的。

然后,让它们单枪匹马回去
或者散落民间。

尝试

让黄沙流泪看看,让桂林变成重庆试试
让猫嫁给鸡尝尝,让日代替月瞧瞧
让软蛋变硬汉,让红尘偷袭阴曹
让姚彬赶走李白

问题

牛是怎么充当马的
马是知晓的
人是怎样充当猪的
猪是明白的
猪是怎样充当人的
怎么无处可寻

那一刻……

那一刻已不是那一刻
飘落的枫叶美极了
枯草的黄美极了
干涸的河流中嶙峋的石头美极了

乌鸦的黑美极了
狐狸的尾巴美极了
老鼠的爪子美极了
枯黑的树桩美极了
老人的皱纹美极了
我也美极了

那一刻
你们终会明白的

今年的第一场雪（7首）

渝儿

重构

我想把筋骨一根根地支起
虽然这个过程很长
也很痛
毕竟
身体已荒废许久
甚至快要忘记昔日的繁荣
当我双手拉过头顶
指尖伸向天空
我听到骨骼被牵拉的声响
还有血脉奔涌的快乐
灵魂
渴望在重建的结构里起舞

气

用呼吸去触摸香气
香气虚构了一个空气
记忆混杂在气味里
气味咀嚼在舌面间
琴弦味道流淌进茶汤
茶汤滋味漂浮进气息
午后的阳光散发慵懒的气味
混杂猫的腥
游游荡荡在城中村的小院里

表皮

平面的沟壑
平面的深渊
平面的纵深平展了空间

表面的热烈
表面的忧伤
表面的表情长成表皮的当下

斑斓的人群
斑斓的天空
斑斓的疼痛无人躲过

破碎的头发
破碎的面容
肖像里一堆破碎的魂魄

天花

我这样一只井底蛙
时常望着头顶的天花
看云朵一片片滑过
我的天空
就是眼睛看到的那一圈蓝光

听说外面的世界很大
我似乎触摸不到
眼前的图画
鸟儿咏溜划过屋顶
音符便一点点刻下天光

秋天的树叶在天窗闪烁
风吹过

我能看到
金红和枯黄的旋律悄悄地蠕动
就在我屋顶的圆形天空

我把手心对着天花
看阳光穿过粉红的指丫
我的血脉很大　手掌很小
我也看屋顶的天空
天空很小　心思很大

阴影

钢铁的肢体火焰锤炼
铸成　一张人面兽脸
肌肉爆裂的躯干压弯了膝盖
跪下　一只衣冠禽兽

碎片信息贴满壮硕的身体
至今都无法整理破碎的躯体
绝望里不再抬起
曾经轻盈的双臂

趴下
屈就一个千年的模样
跪着
从此将头颅深深垂落

惨烈的阳光
散淡泻下
精神随身体的维度弯曲
身体倾斜在精神的阴影里

今年的第一场雪

在去年的时间泡了壶茶
闻着隔年的陈香
腊梅花从去年开到了眼前

劲儿

我就这样较劲儿
用肌肉和身体
我就这般抗拒
在引力作用下的肢体

我用力弯曲脊柱
腹肌拼命去顶住
我竭力伸直脊梁
意念不让身体坠落

我抬出脚步
筋腱努力抗拒步幅
我把双手插向天空
让血液在指尖奔涌

我在一张一弛里听时间的节奏
也在蜷曲和舒展里看无限的节制
我在对抗的缝隙凝神集中
在较劲儿的间歇身体虚无

我展开双臂
脑海变得无垠
我环抱双腿
世界瞬间拥入怀中

我在较劲儿里体验生命的张力

在对抗里接受精神的洗礼

刀落草丛（8首）

德乾恒美

后事未卜

就像死亡。当初
我们的呼吸局促
观想
荷叶上的露水滑落
闭眼
是情欲的烧灼

当有一天，我闻到了腐朽
如秃鹫
灵敏的鼻息，它洞察万物事相
铁爪利刀钩住夜的幕布
一双巨眼如火炽
照亮猎物

星月下，鬣狗狂吠
我臣服于大地
将身体贴伏于泥土的冰冷
倾听，这夜的造物主的足音
她们操持着风的去向
变换着巨大的魔力

然后裹挟远处的山石
垂荡
眼前。

情绪的惯犯

我，一个兴奋的仆人，情绪的惯犯
当压力遍及周身，侵入五脏六腑
我才会轻合双眼，撂下手中琐事
听一段琴箫奏鸣曲
声音穿透每一根经脉，余音不绝
我反复敲打安神的穴位，提肛收腹
身体蜷缩，保持深沉的腹式呼吸
吐故纳新，让舌尖轻抵上腭。
暗香明灭，油灯闪烁，念珠上
纯银的计数夹不觉间刺进食指
我还是活过来了——
有人拯救我于紧闭的拳头和牙关间隙
反复开合身体各个器官的阀门和关节
听从情绪发出的指令，熄灭这个念头
升起另一个虚妄之念

重生

野地里的鹿和飞鸟
趁此暮色，选择远行

我曾试着轻唤她们祖先的名字
宛如神谕

女人

是啊
我该如何形容一个女人
一个我倾慕的女人
她伫立荒原

像一匹马
打着响鼻
远远盯视着我
我漫步过去
摩挲着她的鬃毛
她黑色的眸子
眨动的长睫毛
肥硕的臀部
不时浑身打颤
甩开白色的长尾巴
多么标致啊
如果可以溯源
在哺乳动物分开的太古时期
她是否犹豫过以后成为
一匹如今的牝马
或者经过刀耕火种
食肉寝皮
直立行走
成为一位灵长的美人儿
向我走来

灵歌老头

你个糟老头子
老无所依
早晨，你推开门
一股子霉味
扑面而来
沾满污垢的枕巾旁
扔着一把掉完了漆的木吉他
木吉他啊，像个女人
丰乳肥臀，纤细的腰
你用手摩挲着她
就像一个十八的小伙

抚摸着爱侣的娇躯
当你的食指和拇指
捏住1.6毫米的塑料拨片
左手摁弦，右手划弦
你的眼泪夺眶而出
来自黑非洲苦难的歌谣
那身心疲惫之后
躺在南方种植场的叹息
一曲布鲁斯
诉说衷肠

新闻

1986年12月
第二个星期的星期三
在W市一个寒冷的清晨
D走过肮脏的河岸
一堆水泥拱形管停止了作业
D低头吹着口哨继续前行
在河与路的中间D看到
一条黄毛老狗对着水泥洞口
嗅来嗅去，不时
发出低沉的哀鸣声
它那沾满污垢的尾巴掖进了屁股
岸边霜打的败草也显得楚楚可怜
那种冷预示了冬天的过早来临
街头开始议论昨天深夜
或者今天临晨
大约雪片落地的时候
一个老头冻死在河边

野马尘埃

我要吞下它们
漫天的尘土
那些中了毒的舌头
生吞活剥，满嘴污血
从它们手里用力抢夺过来
在它们仰头欲要吞咽下之前
它们是无辜的，我对此了如指掌
我要吃下它们，然后剥下它们的皮
不让它们触碰，因为它们是无辜的
不让它们触碰，因为它们是诱人的
我要亲手剥下它们美丽的皮子，然后
钉于墙上，在风中"与虎谋皮"

刀落草丛

杀一个人，先要爱上她
并且让她深信不疑
她会念念不忘、念念不忘

当我们紧紧地拥抱，我会拔出紧绷的刀子，
直到它掉到草里

山河路人（7首）

冯谖

南方

黑云压过来
豆大的水滴即将流淌
人民公园里
你正在散步
步态那么美
不远处或许有人跟随

你笑了
有些调皮的那种
抚着微微凸起的肚腹
好像多年前
故意反背的书包

尘埃颂

师范大学的后门
青年人被酒精和玩伴扔进的士
像一件绵软的行李
失去叙述能力

以潮闷与辛辣闻名的城市
细观之下
却有着不可多得的优柔

那些迷人的舞步
口音中的叠字
竟能教人遗忘
坡坡坎坎带来的疲累

夜场电影散掉后
仍有男女奔赴下一段遭遇
而窝在长凳里的流浪汉
仍会如纸片
配合地下通道清剿什么的风

八角街

转了很多圈
可以说
始终被它的阴影反超着

我的手里也有一串念珠
只是个头比别人的小
气色比别人的好

等身长头是直抵人心的
或许还是职业的

更平常的是三十岁的年轻妈妈
拖着四五岁的孩子
讨要一元面值的纸币

她们或许
也是职业的

妈蹄花

三楼煮着的一盆菜
让楼底的人响了喷嚏
傍晚的风没有停
也没有因此变得更加霸道

记忆里初夏的街头就是这样
总有及时的凉爽
解救贴身的躁乱

啤酒沫躺了一地
快要凝干的样子
像那些不合时宜的鲜血
而充当下酒菜的脑壳
还未被尽数斩完

我知道
成果不可均分
很多时候
我们不得不替它找零

坑口浴室

父亲从前用煤，一天就是一吨
大院中积压的炉渣，一天天增多
时间成了它意料之外的计量单位

后来我识字，一天最多一个片段
身体里固有的顽劣，一天天败退下去
而日子仍在那里。面无表情，算计着我们

庙会逻辑学

加纳的青牛人贩卖起骨药
赏光的人数没有比他们的国家队更多
雨水不断地俯身
与其说正在洗刷什么
不如说是要抛出多余的祝福

赶集的人们像落荒而逃的燕子
到处搜寻避雨的屋檐
有的如愿以偿
有的干脆湿着衣裳
坐看冒失的云雾如何草草收摊

山河路人

自治州分界的地方
有一块显眼的路牌
上面标着相反的两个箭头
方向固然重要
尽管它很多时候无所指代
但你仍要离去
前路未定
山河飘摇
没有旧友也没有烈酒
不去想电力是否比汽油有效
道旁玩耍的孩童是否结群晚归
你是长在地上的人
为了拒绝褥疮而四处游移
从前的一切很疲倦
当人说起归返
你就微笑
且从不暗暗失神

暮色辞（6首）

关子

金丝湾

拐个弯，金丝湾的宽阔之境扑来
我的敬畏，我的不知所措
在林间闪动的光亮
接近透明

闲椅，楼台，草木香
我看见他们
他们远眺的未竟之心
在空中流动
我跟随他们，推开了那扇半开的门

夕阳下的金丝湾
我从未见过

但后来，偶尔听见的一声鸟鸣
把我带入
他们依旧团坐的姿势里

我找到自己
看静谧慢慢爬上来
丰盈祥和催眠着眼前的一切
金丝湾在璀璨里

暮色辞

半夏已过
在傍晚

对一辆油门轰响的车挥手
慢慢消散的暑气

挥手，是见面招呼
我们从未告别
落日余晖
抬起了从未消失的脸

暮色对万物挥挥手
它们围拢来
低头
看路上的沙粒慢慢变暗

房客

能够呼吸
能从不安中脱离
这是他们对寄居地的要求

木质的房子靠在火旁
混凝土的砖墙变成手背上的枯山水
身体在锋利的记忆里

挖个巢
无需钥匙
是自己的房东，也是自己的借宿者

拖着世界这个旅行箱
透过玻璃
看见乌泱泱的困顿和焦虑

山居吟

绿晃晃的未知迎向你
山风吹你
往山顶
树叶唰唰的歌
现在，这里

清凉触手可及
指路的蓝
从陋室里剥出青苔
蓄满的静
慢慢落在身上

懒散的山路
立在柔软的乱草丛清洌的风中
向下看
渐进的青绿也向山顶
我们向下看

眼神

什么在这井里发出声音
一些词钻出来
它们看着你

灌木围起对话
紧张认出你最早的样子：
外表笃定，内心天真

悲伤和愤怒，恐惧和麻木
以利斧之势
削来。你咽下，如田鼠吞食腐叶
把这叫作体验或者磨砺

应该要有一颗星，高悬天际
迎回你，在悬崖边

别处的意义

竹青笋白的口音
说自己福州人氏
简历上，纸上，也在这样说
它的肉燕，鱼丸，锅边糊

在沸水里。记忆干洗
扯不断的视线牵出
茉莉花的白
记忆的白，覆在榕树上，铁吊环

手执木棍舞拳术的小孩
梳辫子的小男孩
他卡在姐姐还是哥哥的称呼里
在临海的制服里长大

无法确定的时间，模糊的日子
徜徉在竹海和林中路
对异乡人
不经意说出，我是永安的

雪莱记（7首）

郭建强

我是谁

看过李连杰主演的电影《霍元甲》
已经十多年了吧
难忘的是孙俪明丽的脸
亮得像银月，像镜子
提醒失忆的李连杰——霍元甲
从哪里来，叫什么名字

你到底是谁
你可是我，我是你——
你见过芈月之前、或者更早的孙俪吗
你能料到复忆的霍元甲
终会成为拼命递上投名状的大哥？

十年过去了
河水还在哗哗地穿过李连杰的指缝
霍元甲失忆的手指还在搅动流水
河水一样在我的指缝
哗哗流失又游回

远处
太阳高悬　村庄安稳　孙俪纯净
我在影院睁着双眼做梦
看别人的故事　过去的故事　虚构的故事
不是在打捞记忆中的影像
而是召唤一个没有存在过的
亡灵

乙未腊末即入丙申随吟

她的心里有七十二种滋味
每一种都有爱情的苦和甜
她的唇间有七十二个否定词
每一个词都对爱情加倍肯定

满心羞惭
满心喜悦

我的爱人有七十二般变化
她变来变去还是爱我

闪电

你的手指带着闪电
你的双眼蕴藏闪电
你的嘴唇饱含闪电
你的闪电缠绕在我的乳尖
你的闪电划亮我的胸腹
你的闪电点燃我的原野丛林

我也是一道闪电

母狮子

我的爱人怒气冲冲地瞪着我
好像一只黎明被吵醒的母狮子
而我知道，在毛衣下
那两弯乳房是多么温柔

就算是温柔的母狮子

名字还是叫作母狮子
就算是一只母狮子
我的爱人的名字还是叫作温柔
恰巧掉在你的掌心里

雪莱记

冬天来了，春天还会远吗？
给青年工人们念这句诗时
我顺便提到了诗人的名字——雪莱

雪莱，这异域的声响，冰清动听
让埋身氧化铝的孩子们眼眸发亮：
这是可能的——和某个女孩结出善果
这是可能的——一场雨洗去满身垢甲
这是可能的——在电解和熔铸里
梦想漂游，向凝聚的时刻靠拢

这是可能的：三十年过去了
这些委顿的男人们仍然会吐出双音词：
雪莱

雪莱啊雪莱
冬天还在继续，春天真的不远了吗？

阳光

就是为了让二月的阳光
更灿烂地渗入皮肤
我们才钻进电影院
温习了一遍幽暗的人间

寻找

成吉思汗和他的铁骑和他的长调
像黄金火焰流布大地
他在寻找一个通道：
向上的通道

他从那个通道到来
还要从那个通道回去

万物生长（8首）

郎启波

口红

他有明显困意
他躺在夜晚的包围里
他不愿意睡去

他一旦入睡
整个夜晚就失眠了

我是一个画家

我要在大地上画下一个男人
还有一个女人

他们可以相亲相爱
也可以反目成仇

我要在大地上画下一对乳房
它们富含乳汁
营养充足　按需吮吸　饮用

我要在大地上画下一个孩子
和子宫生产的孩子一样
能哭会笑。

母亲的河

大水沟水库
居滇东北一隅
我曾去那里
一遍又一遍地
经过母亲的河流
她的回忆清晰
精准而又生动
嬉戏打闹的童年
青脆脆的——
她们还穿着凉鞋
河水还有些冰凉
树枝上早到的绿意
慢慢做着伸展
一条消失的河流
匍匐在更深的水底
蜿蜒如水蛇
却始终静止在那。

雨一直下

这初春的雨越下越大
那时我恰巧遇见过你
我曾经过你的身体
你高兴的时候也下雨
你悲伤的时候也下雨

你的雨也是越下越大
直到大雨磅礴如注
直到——将我淹没。

女儿出嫁

女儿出嫁了。

他时常独对镜子
一根，一根地
整理鬓发，
他要将那些白霜
从时间的余光里
悄悄摘除。

他像患了场大病
许久，难以治愈。

万物生长

你迷恋菜花，
我就变成其中的一朵，
带走你的口红，
在你的唇齿间留下烟味

忧伤时，
我就在你的土地上
种满向日葵，让它们结出
灿烂的笑容。

遇见

"不肯在夜晚睡去的人们，
都是神灵的孩子"
我们胆怯，孤独，自私
这与生俱来的天性

引领我们走向未知
并着迷于从一个夜晚
走向另一个夜晚
有必要避开光污染
彻夜照明的灯并非光芒
它们没有任何启示
这一路
我遇到熟悉的陌生人
以及陌生的老朋友
我们有时握手言和，有时
握手言欢。更多的时候
我和绝大多数人擦肩而过
只有遇见你如此确信无疑。

我们偏偏寻找孤独

盛夏酷热不断地挥发
出的湿度融化了汗液

被潮湿覆盖着的肉身
浮华簇拥他皲裂内心

想象一场大雨的到来
并让这想象任意挥洒

雷电将整块黑幕撕裂
又迅速缝合如未改变

夜晚如此地深邃迷人
我们偏偏去寻找孤独。

如果老之将至（7首）

李郁葱

和另一棵树

它们的交谈，在身体与身体之间
当我们倾心于某一个傍晚
以一种隐秘的方式，记住我们的脸
在漫步和被挽留的石级上
那个闲庭信步的人，来去匆匆
当他走入那树林，在树干与树干的距离中
他的记忆，像是一条街道
绵延于他的身体：当记忆醒来
在阳光落下的尘埃里，这斑驳
比如阴山脚下的那顶帐篷
倾听到雨落的草原，而那双劳作的手
想起了一个动作，却并不意味深长
在那棵树的姿态里，我

看到另一棵树，它们有点儿相似
但那棵孤独屹立在草原上的
几乎是一种象征，而它，隐匿于这片林中
这走来之树，我能够叫出它的名字吗？
假如它关于一个记忆：在我
手臂环抱的大小里，它是一座虚构之城
它接纳了我，一个虚荣的游客
如果有鸟和莫名的野兽
偶尔到来，我在这静止中保持了动
而在彼此模仿的树和树之间
是怎么样的人想成为另一棵？

放一个苹果在柿子里

我们采摘了一塑料袋的野柿
像是把郊野带回了家，采摘下
田园的宁静？包括那飞翔的鹭鸟
在它向下俯冲的锐利里
它获得了一段生活：它还在飞

这野柿，挑在枝桠上
每一枚都对应过去的日子吗？
在被微风荡漾的每一个瞬间
如今它脱落，被我们收集
但它依然是硬的，像是在深思熟虑中

我们依然不能消化的消息
平静尚需时日，我们张大了嘴巴
在不出声中等待，如它
用苦涩对抗我们贪婪的欲望，它
缩在风中，一段静止，像是蜿蜒的河道

傍晚时，它们躺在水果盘中
生涩，寂寞，虽然它们抱成了团
像是被移植了的梦境，
当鹭鸟飞起，是哪一条鱼脱离了水？
他们说，不相干的东西能加速它的成熟

比如香蕉，或者苹果：男性
勃起的符号，还是夏娃的诱惑？
放一个苹果在柿子里
被批量的柔软，这些孤独的心
魅惑于这简单的技巧，它们争先恐后地熟去

仅仅一夜之间，它们
软得那么疯狂：像是被喧嚣所打扰的
如果削去那么多时间形成的耐心
我把它掰成心的形状

我吃下它，在身体里保持着它的阴影

林中之湖

那么此刻，在低沉的环绕中
被卡住了声音。鸟叫像是一个停顿
它，一个过渡：从这一声，到下一声

仿佛那滑落，回荡着
然后变高，突然的陡峭，突然的
像一座山峰吹开了雾

我们后退、前进，然后
有小小的得到，我们的脚，它们独立走着
当未来成为一种矗立——

我们被什么所压迫？
在虚无的时光里，会有什么样沉重的
雨，向上如昨日之境的看见？

在那平静中被保持的
犹如神奇的魔术，断木上的新芽
这秋色中的青春期：一把平静的钥匙

它躺在我的手心，在我的把握中。

在冬天到来之前

实际上已经是冬天，小雪
我们被寒冷所预兆，当没完了的雨
消磨了人们的耐心和眺望
我们知道，这瘦削的冬天，

在酒的哆嗦里，那么，饮下？

在这样一个完整的季节，
我们所完成的那些落叶和风景，那些
喉咙里我们被迫的声音
如果它找到一种表达，
比时间更加茂盛，那么，举杯？

早已是一片空茫，在雾气
所笼罩的夜晚，这夜晚扩散在我们的
肺腑：我们吞下火，我们吞下
一个难言的爱，假如它是纠结
小雨淅沥沥，那么，共度？

只是在遥远处走得更加遥远
那些硬朗的星星，它们
沉默地悬挂在我们的头顶，它们
为我们翻译这岁月的寂静
如果隔得那么远，那么，且眠！

在冬天

那地方终究要把你遗忘，像是
车轮遗忘了道路。那片树林你不曾再次踏足
那池湖水所隐藏的蓝，多么徒劳
像是一个下午的记忆，一个被寂静
打扰的睡眠：如果用声音去描摹

此刻，它是安静的。这个下午
在被扰动的梦境中，风却来回地吹动
在水面之下，有那些潜伏着的
那些对寒冷视而不见的冬眠者，比如
蜗居在土壤中的蛤蟆，如果有春天渗透

那么漫长的光，那么曲折的时日
它有那博大迎接倾盆的阳光
也可以接受如注的暴雨，但如果雾霾降临
我们想看见的，正在水中央
那些静悄悄的事物以各自的秩序存在

风自哪来？摇动稀疏的树枝
那些不安的人，当他们醒来打算离开
他们被这样的图像所吸引
像我看到那长嘴的鸟儿，当它从水面上
看到自己觅食时的优美，万物悄无声

短暂之秋

槭树、银杏、枫树……在街头，或者公园里
我们庭院可以看见的地方
它们喷吐着，如此绚烂，也如此阴郁
像是一个要踮着脚尖的舞蹈
向上收束成一溜流畅的滑落
它们的优美，隐约在一张旧日的明信片里

现在是微信，随手拍给了朋友
一些短促的感慨暴露着你的年龄：
活到老，学到老？风景盘旋于我们的视网膜
如果抵达不了我们的内心
像鹭鸟向下俯冲却一无所获
平静的河面，在岩石一样沉默的心里

这些躁动起伏如这个秋天的雨
赞美于它们的成熟，从松动的牙齿开始
然后挖掘出冬天的头脑
像冬天的竹笋，隐蔽中的萌动
被剥开、切片、翻炒，成为口中的美味
饕餮者被这样的景象所迷惑

听到年轻姑娘们的舞蹈

如果我们赞美口吃者的沉默，仿佛
我们对不理解的事物保持着本能的敬意
实际上是出于对未知的害怕
在这样一个简单的秋天，找到一个
解决的办法：比如一块草地

如果老之将至

如果有一天我厌倦文字
就像沉默厌倦了言语，而白昼将尽
旅行者回到旅舍，或搭起帐篷之际
悄然的凉意，即使是在盛夏
我厌倦更多的事物
那沉甸甸压着我们的星座
从不被知晓的地方，
它们曾经燃烧，曾经灿烂夺目
却被陷入到这简单的天空里
几乎是仰望，如果它们
形成一个角度，形成
我们表达的方式，像是在更多的人群中
我们找到自己的言辞
我们也认出了每一个人脸上的夜色
那深深的畏惧，对于无知的畏惧
贯穿于我们长长的一生
假如它曾经漫长，
现在也变得如此仓促，像睡眠
找到了哈欠，像羚羊
找到了狮子，而草原被蝗群找到
我们，被衰老找到，在这　天
如果我厌倦了文字
我被命运说服，而夜色扩散
那么一无所成，那么心无愧疚
能够安然熟睡于每一种黑暗中

坚果诗人（6首）

李勋阳

小说家

贴在门上及其两边
的"囍"字和喜联
差一个月
就有四年之久了
即使是这几年
过春节
我也没有把它撕扯下来
换上春联
我心说
等它自个儿脱落吧
直到一两个月前
刚学会淘气的儿子
每天都要撕一点

将其撕成半个和半截
而近期
我和妻子大吵一架
甚至酿成一次家庭危机
如果放在小说里
这个"囍"字及其喜联
或许会变成
一个人
乃至一个家庭
命运的伏笔或转折点
但我现在
看着这半个"囍"字
及半截喜联
依然不以为然
等它自个儿脱落吧

一辆出租咩咩叫

我回头一瞥
一头绿羊
正把头伸进
隔离带上
火红的秋叶中

腰疼不是病

咿呀学步的儿子
就要进入魔鬼两岁阶段
走到哪儿都得小心
牵着
好学好动
幸亏我天生
二等残废
个头不高
牵他不用太弯腰
不像其他年轻父母
叫苦连天
说
腰疼得要命

立冬

一声声鸟叫
透过树叶和雨声
打在我的头顶
和伞上

我瞥过伞檐

想看见那些轻俏的身影
却只看见一些雨滴
在青黄交加的树叶上
闪烁、蹦跳

季节风宴

最后一场秋雨
将自己浑身上下
冲洗一遍
从地上爬起来
说
姑奶奶姓冬

坚果诗人

诗人老哥潘洗尘
不但会接风
而且会洗尘
你要是刚从远方来
洗完尘后
就明白
他大半辈子
都在洗去自己和尘华
把自己
洗成一枚小"诗核"

1967年的早上（11首）

张甫秋

1967年的早上

有风，穿堂而过
夫子的像动了动
他说："孩子，你还是个孩子。"
"是，夫子还是夫子。"

大漠孤烟直

远处的狗吠声里
有卷烟纸
清脆，而又
焦灼

性感

很多人告诉我
"你是个妖精"
我想，问题
出在
做过激光矫正手术的
眼睛

接近天籁

朋友去西藏说
牦牛肉干94元人民币每袋

朋友没舍得给
我买
我说不买就不买吧
留着那些牛那些羊
那些不牛不羊的
好好在山上吃草
没事的时候
往下看看

马路中央的柳絮

马路中央的柳絮
手拉手
一圈又一圈地
跳舞

忽略暑热
忽略汽车
建筑
人心
轻蔑

它们用袜子感知节奏
跳得真好

一只破旧拖鞋在街上

如题

今天像是过礼拜天

有人在脱衣服
有人在思考
有人在窗外

总有人远在视线外
呵呵

春天来了，去种树

他们又在说植树节
我只想把我种进去
到秋天收获一堆儿我
一个挣钱一个挣钱
一个挣钱一个挣钱

在沙尘来临之前

正如每天一样
我坐在电脑前
开始额外的工作
叽叽啾啾的鸟鸣
混合车铃声
飘到桌旁
我确信那是来自城市的麻雀
或者同等飞禽
我开灯想看得更真实
它们却随光亮一起消失

老张告诉你们个真相

我无限怀念的旧时代
还未到来
我同样无限怀念的
新时代
已经过去
顺便怀念下眼下吧
这里没有光明
但也会随着
折磨
一并离开

台湾地震时

正是一年的春节
我发送
"还好吗"的信息
对方无应答
已经过了四天
我才开始回忆
这个认识8年的朋友
面对茫茫的信息海
我竟然无从搜索
相关遇难名单
其实我根本不知道
他的名字或者
他住在高雄还是台南

太阳死了（7首）

湘莲子

越南归来

我发现
很多照片上的我
都低着头
我低头
在中越友谊大桥上
找国境线
我低头
在越南一号公路边
剥海鸭蛋
我低头
想曾娶我为妻的那个人
有多少战友留在越南
我低头

在茶古大教堂边的小店里
挑一串佛珠

图书馆

翻书
发现一只蟑螂
死在一本文学史
第223和224页之间
污迹
浸透了前后好几页
打都打不开
正想撕

有人
压低嗓音
提醒
有监控

美女

不信
你冲她耳边
尖喊
吵她

醒后
她会发现
自己一丝不挂
在池塘
洗澡

钓鱼的人
正往鱼饵里拌
止痛药
药名
有点长
《要相信
你会看见浪花
盛开
而檀香木
夹竹桃
或茉莉花
芳香无法逆风飘
送
只有
玫瑰例外》

男人的热板凳

女孩子
坐男人的热板凳
会怀孕
会大屁股
大波

吓得我
寝食不安
梦里同桌男孩
追着我喊
妈妈

偷吃
妈妈枕头底下的
避孕药后
我翻江倒海
呕吐
好多白大褂
围着我
哈哈大笑

那年我七岁
学会了
先在热板凳上
拍三下
再坐

太阳死了

他们带孩子
在山顶上拍太阳

他们和太阳比高
太阳在他们手心里
在他们二指间
像刚煮熟的鸡蛋黄
他们要孩子伸出舌头
吃太阳
要孩子掏出小鸡鸡
对准太阳
撒尿

天黑了
孩子放声大哭
太阳死了

导游说

新加坡导游说
他们厕纸软
可以扔进马桶

马来西亚导游说
他们不需要厕纸几乎
没有人得痔疮

导游不知道
我们怕马桶堵
怕手脏
根本不怕痔疮
很多人
喜欢坐在马桶上
看报纸
看完就当厕纸

泰国印象

佛
到泰国都瘦了

佛像妖
妖像佛
越看越像
越往下
越像
一样丰乳
肥臀
细腰
耻骨高耸
玉雕般完美

高僧说
泰国佛像
更接近佛
的
真相

夜间飞行（9首）

谈雅丽

悬浮

我有一支黄梨木做的桨
在城市灰蓝的空中划动
我有一座被开发商冠名香都丽舍的住所
五十平方米的栖身地，像一座安静的孤岛

我的屋子朝南，开窗见车流滚滚
我有一个城市漂流者时而孤独
时而焦头烂额的情怀

我有满桌子的书、电脑、瓷缸、茶水
和一小盆绿色的文竹
我有低碳生活，一台可以折叠的自行车

我有纸上稻田，书中草屋
我有画里青山，布间小溪

我有一个虚拟的爱人
和一个不能对话的知己
我有大到无边的虚空
我还有一小块放纵
使我有勇气，在生与死之间悬浮

在世界最后一天

我摸索到不知名的焦虑
——在每天

在我失去你
在我离开你
在世界最后一天，最后一刻，最后一秒
想你时，就有白鸽子飞来
嘴上含着一枚绿色的橄榄枝

我摸索到未知的奇迹
——在今天
在此后每个时辰
天空布满灰尘
把我卷入漩涡，在噩梦的海浪里漂浮
想你时，会否漂来一根浮木
轻，但可以伸到我绝望的手中

我申诉对你的疑问，把大地当听众
而唯一的审判来自我心
大地剧烈震荡，你是否相信？
在世界每一天，每一刻，每一秒
在人世所余的最后部分
都是你，都是摇晃的爱
都有被时光照亮的
甜蜜的肉身

幻象

我渐渐习惯眼前的幻象
黄昏一座寺庙，落满灰色的阴影
晴空下一排透明的冰棱，悬挂在蔚蓝的天底

我梦见同一首曲子，在世界每一架钢琴上
演奏
我梦见灵魂穿透毛孔，在月光下飞散
我梦见象形文字，排出氏族图腾的舞曲

我梦见过一群天使组成的鼓队
一列在天空驾驶的马车
一座废弃的绿色花园

我梦见最热烈的记忆
在一座消失很久的湖底厅堂
——重现

我梦见过

我做过这样的梦——
第一天我梦见过死亡
第二天我梦见了苏醒
梦见自己长出青葱的枝叶
阳光穿过树丛
抵达第一个陌生人的眼里

打鸟事件

我们穿上厚厚的棉衣
备好气枪、手电筒和打鸟用具

我认识的麻雀、斑鸠、竹雀
栖身于附近的竹林和树丛
白天我们找到鸟巢
夜里三点一线，很快将它们纳入网中

鸟儿呆坐枝头接受审判
瞬间枪响——
我们将鸟儿拔毛，串成长串
在冬天的阳光下晾晒
日子很长，就着米酒

一盘辣子炒鸟肉令我们心花怒放

那时知青下放，大人忙着反省
我们对于自己犯下的罪行，从来不以为然

野樱花

我贪心到想把整个樱花谷搬进
自己的花园
当我把手停留在——
一枝横向春风的樱花时，忽然想到
那不速之客的来临
原来竟是旧日的相识，这里春光泛滥
又何尝不是当年无意种下的野樱花树

或零星数棵，隐于山林
或数树飞花，涌起浪潮

晴空下它们叩响——
一道连接过去和未来的门
一道连接前世、今生和未知的门

樱花开遍
我心微澜
我心微澜，何尝又不是明日沧海？

秘密

时光的秘密，在于每一个点上
你都可以逆流，可以让自己漂浮
也可以让一切重新开始
有时我单独与童年的你相遇

你躺着的苹果树下，散发洁净的芬芳
一只鸟从草丛忽然弹起

我看着黑眼睛的你
把石头扔进邻家院落的你
爬火车时惊慌的你
被祖母烧火棍追赶，得意洋洋逃跑的你

无意回头看到篱笆边
白衣少女，漫不经心的你
我总是忍不住抚摸一下那些瞬间
棉花、湖水、白云，所有事物都不能形容
你对我这样柔软的轻视

叮叮当当的碎草机来了
但我还没有准备好
不忍心，我们就这样被时光摧毁——

夜是一匹幽蓝的马

姨妈老得厉害，妈妈看见她七十多岁的姐姐
说话含糊，走路蹒跚，头发银白
并不像前些年，她俩在院子里斗气
说狠话，她一甩手从此一去不回

后来十年，她们没有一个电话，没有见面
湛江、常德，距离使她们决定相互忘记

当姨妈从火车上下来，看见她妹妹就哭了
随身的箱子里装着姨父的骨灰

也许是她携带的死亡使亲人获得和解
她俩在夜色中手拉手哭泣
不再为过去斤斤计较——

站台一座低矮平房边，种着青翠的蔬菜
那天晚上，清冷的光线流了一地
使我恍惚觉得，夜是一匹幽蓝的马

夜间飞行

壬紫，我在津市秋天的下午
想起五年前搭车去你谋生的小店

经过岁月的旁根错节
只有摩托车越过漫长的光阴
一切停在原地，街头尘土飞扬
三平方米的小店堆满拖鞋、袜子和餐具
你说话的表情，你难堪的经历
连同流年琐碎，落在小店边的杨树之顶

中年的你穿插过婚姻变故
如今浪子回头，我不给过多赞美
爱是一剂奢侈品，你不用伸手去摘树上的果实
辛苦的陪读，无望的等待
四周散落租住房的气息

对于失败我们常存宽容
我喜欢亮色，你的笑干脆、明亮
点燃了暗淡的落日
那天傍晚，天空像一面巨大的铜鼓
画有一排飞行的大雁
使我想起年轻的我们，也曾有过夜间飞行的
愿望

思乡曲（8首）

朱夏妮

除夕

（2016年2月7日，12:19am，9:20pm）

外卖盒子
被烫歪了的塑料味
酱油放多糖的竹笋
筷子太长
叫喊来自
电视里橄榄球总决赛
黑色窗外
圣诞节遗留的小树　房前
叶子掉光了　还通着电
黄色的光

洗澡后　浴室的镜子变白

冰冷的湿发尖在滴水
贴近后背
是时间流过

思乡曲

（2016年4月12日，下大雪）

风带着雪翻转
碎纸片不小心飘到垃圾桶外
黑树杈中间　一颗不动的星星
院子里盖着竹椅子的黑布
被吹起
冒着白气的茶杯里

我左脸的轮廓
摇晃不清
是墙角茶几上的盆栽在台灯下
映在对面墙上的影子

四面挂满的深蓝色浴巾
让厕所潮湿
是海洋另一边的南方
四月的回南天

公共墓地

（2016年4月13日）

橙色校车的窗户在后视镜里颠
像冻僵时的牙齿
尖锐的铁栏杆围着墓地
紫色和白色的花被摆在墓前
鲜艳　在雨后的黑泥巴里
像塑料和布做的花

旁边的快餐店
窗户里的人在倒一盘剩饭
几台绿色的自动取款机前　没有人
下完雨的地　反着亮光
校车颠着走在上坡的路
到下坡的时候
我的肚子突然有点痒

周日的夜

（2016年4月17日，星期天，天气好，9:16pm）

下午的阳光正好刺进
黑暗阁楼的小窗户
强大的压强　是洗车店用的水管
太阳慢慢滑下玻璃
没开灯的卧室
对面人家的厨房灯亮着
不时突然闪烁一下
橙色的光　漫延到床头的墙
像是着火了

生日

（2016年5月1日，星期天，十六岁，11:34pm）

靠近沙滩时的湖是灰色
到远处突然变成浅蓝
几层白浪
快变成固体的雕像融化
是洗澡时间过长
被泡白起皱的手指
一只长着硬毛的黑狗
拽着牵它的人
喘气的雾和纠成一团的发梢
化肥的气味

自行车的座椅颠着
长满红锈的老房子快速移动
偶尔在大的空隙处
出现褪色的湖

母亲节

（2016年5月8日，星期天，9:31pm)

卸了货的卡车只剩下车头
在高速公路上
像被牙签切成两段还在爬的蚯蚓
有人光着的脚
贴在汽车副驾驶的玻璃上
睡午觉
是后壳被咬了一块的乌龟
慢慢爬向柜子底下
金色框架里的照片
脸颊发红的老人年轻的时候
过细的眉毛

这时旁边人家的狗隔着院子
朝着我大声叫

雷电

（2016年10月16日夜）

黑色的卧室
闪电突然点亮
两个对称的窗户
透过白色的纱帘子
是有人在火快灭了的
烧白的木头上
吹了口气

秋天

（2016年10月17日）

化学老师养了一条
白色带斑点的蛇
每天她把三只
冷冻后身体绷直了的白鼠
扔进玻璃箱
淡粉色的爪子
最后进入蛇
黑色　温暖的下水管道
它开始蜕皮
带着树叶变红的声音

苍凉归途

梦亦非

一

开阔地，秋天长驱直入
秋天将神灵的犹豫暗示——
魂息痛楚的镞镞铁箭，指向南方
　——战争尾音外起伏的马蹄踢踏

神灵在书写的九重苍穹之上
醒来，神把手中闪烁的线条放弃
　"这是时间的一次松动，错综复杂
　它预示着一个民族的迁徙与归途"

黄昏般自言自语，牙巫[1]的声音运行
在她开辟的天地之间，这最后的轻雷
让秋天尘埃落定，宛若《渺虽》[2]的收笔

而鬼师³方把第一枚占卜之蛋割开

"天象奥秘，显现于一枚蛋之内心
宇宙是咒语边沿上蛋壳静静的转动
众神远遁，只见踪迹隐隐约约
多少世纪之后，谁辗转于这一段预言"

那个后来者一直在封底上，翻动成一群神祇
年华东逝，黑夜猛烈地打在他的宿命中
然后他目睹秋水长天裂开黄铜的轨迹
那锈蚀之弓绷紧了他微颤的心弦——

"谁明了神灵的语言，谁便永远地
坠入黑暗的源头，那里西风吹动万物"
又一群雁只射向更南方，如牙巫流转篮子
谶语像篮中的水滴，一路漏光

于粗糙的纸上显露这些文字
"这些反向而行的诗行，在鬼师中流传
叩问两条遗失的通道，一条在高高的秋天之上
一条在渐渐变凉的国度，这历史模糊的手掌"

神呵，你的左手是天空，右手是大地
你用柱子支撑着残缺的星光
猜谜者，他该在哪一行卜辞之中
找到转折：那旋涡淹去的故乡

副歌
　　　哪个来　　把天掰开
　　　用铁柱　　把天撑住
　　　牙巫来　　把天分开
　　　炼铜柱　　把天撑住

　　　在北方　　牙巫远去
　　　在南方　　故乡杳杳
　　　在北方　　战车颠覆

在南方　前路遥遥

二

秋雨从梦亦非的写作中掩过来
却洗不去牧野⁴的血迹，前1027年
一如睢⁵的孤独。睢把斧子放下
一片土地的背景顿时显得空茫

他在巫女⁶呓语中，看见牧野之战
结局。孤独使他深深地坐进秋天
像商王朝坐进朝歌，直至成为殷墟
"一场战争不过是某些碎片而已

更多的离别和时代都停在地上
作为臆想。"睢一伸手
便摸到一个民族的开端，冷，坚硬
打了个颤，白发芦荻般垂下来

再次映照这水中的梦境
细节不断变幻的梦境——
一群鱼儿顺流而下，或渡河而去
沿着睢水，以及更沸腾之水

北方如残卷，在水中阴魂不散
"你的出生是一次失误，大更之日⁷
那时陆铎⁸尚未虚构出《渤虽》"
卷朋上的鬼魂等待在每一个故乡

每一个南方。南方属火
太阳金色的火焰四季不灭
绿色骚乱，睢从一片水域中走出
是情歌中射日的美少年⁹

"梦里的方向一直向南呵，就算我错误
就算梦也是编年史。"睢的领悟

让秋雨暂时停歇。归途，即在词语中
苍天之下随手画出的一条黑线

这才是朝向生命内部的道路
恍惚地，睢从数千年后的记载中
读到闪烁其词。于梦亦非的构思里
他设定一条断续的归路，没有结局

副歌
　　东方兮　不可以往
　　西方兮　不可以居
　　北方兮　不可以求
　　南方兮　在彼之夷

　　天命兮　去彼睢地
　　睢地兮　远彼睢流
　　睢流兮　遵彼南方
　　南方兮　吾寐悠悠

三

"一个历史叙事……也是象征
符号的错综。"[10]梦亦非忧郁地
自楼梯上旋转而下，进入生活
越过都柳江，早晨，江水一望无尽

像一截漫长得让博物馆绝望的经历
但你不清楚它内心的细流——
正是这些不经意的决定，改变了流向
那条西来的迁徙路线也一样

散漫到都柳江与龙江之间
却在论文中扑朔迷离，一如仲秋
反而热烈起来的生活，毫不顾忌
他的窘迫。"而语言皆在复述，多向
不定性，我复述着岁月。"他点燃一支烟

加快脚步，让一阵落叶影响了他
在博物馆门前迟疑了片刻，回过身来
已是黄昏，呼机欢快地响了三声

流程波动了两回，与昨日一模一样
这个业余的水学研究者招手打车
比如一颗卵石，记住三次潮汛
又忘记了一次，他的路线自西往南

他必须找到归途，在生活的路口
辨别出支流，水势的大小
以及被误用的引文。与巫女的约会
在"一间"酒吧的醉意中迷失

"于是叙事的语流穿过一座公路桥
拐向左，"夜色小跑着跟了过去
他狡黠地苦笑，"便于了解历史
叙事的一面。"[11]跟她在一座坏了的IC卡

电话旁告别。怀乡症像江面一样虚空
脚下的楼梯又增加了一级
但书房中仍保持着上午，一天即是一次考据
"历史叙事也是形而上学的陈述"[12]

副歌[13]
    姑娘啊　你哪里来
    近村的　还是远寨
    初见面　未曾相识
    请允许　问你由来

    你像是　一匹彩缎
    金闪闪　令人喜爱
    锦缎贵　比不上你
    见情妹　心喜开怀

四

大地江水般晃荡，恍若坟茔
昏黄的月亮下，巫女梦见坟茔悄涨
西南而来，越来越高，直到
将月亮点着一炷香火，插在面前

鬼魂纷纷从迷雾中复活，游移缥缈
阴暗地，梦亦非听着，明灭的香火
将夜晚更深地醮度，一碗白米[14]
也陷得更深，是祖先经过的村庄

……打着哈欠，巫女在头帕后面
颤抖的双腿涉入幽冥——
她蓦然溺入故土，她唱
"阴间的路多么恍惚，陌生的祖先

你们在哪一条龙脉中延续。向南呵
一路向南，星月落下，落下
三洞、水婆[15]的祖先，你们送我上路
我的咒语中怕梅[16]指着海的方向"

大地是岁月的牙咬住自己的尾巴
倾斜地，花开花谢，"……到九阼
瓮沽下与瓮沽裸[17]争战的米酒之乡
祭祀你们月光般沁凉的糯米酒

保佑我一路向南，葬于路旁的祖先
归途让灵魂多么地疲倦，陷落
……十里长坡……巴容[18]。"暗香散去
巫女的声音在水中浸过，若隐若现地

日子树林般疯长，淹没了昼夜
换一次香火，梦亦非的头发又白了一层
巫女终于来到丹州[19]，"四野昏昏，连鬼魂都
流离一尽，丹州不可问，歧路重重

重重歧路第四十九条被截断，红水河
渡河的中间公[20]呵，我感觉不到你的影子
洪水滔天……"巫女喟然醒回来，白发及地
米碗中，长路已坍缩为灰烬，随风而散

副歌

　　　招魂兮　招我祖魂
　　　远乡兮　山重水叠
　　　日月兮　阴阳永隔
　　　招魂兮　问我祖魂

　　　歧路兮　误我幽期
　　　长夜兮　碧落黄泉
　　　两处兮　茫茫不见
　　　归途兮　日月迷离

五

沿着睢水南行了许多遍秋天以后
越加默然的睢，像一柄生锈的刀
回头指了指身后的部落，这让陆铎不安
听到陶器破裂声一路不绝

事实上，整个缓慢的部落进入了空白的循环
睢水在睢的马嘶声里打个唿哨
暗地绕回半途，时间陷进了沼泽地带
"当你觉察到焦虑的存在，"梦亦非写道

"你会被生活的阴险所篡改。"由此，依稀地
陆铎看到秋天的边缘，被幻象流沙般击溃
他停顿下来，天空霎时黑成巨大的兽皮
"日子，你停　停，"须毛似的文字像风中枯枝

"用尽你或你们的智慧、敬畏，写就《泐虽》
让它指示方向、时辰、起程与栖泊
渔猎……避免披着邪恶追赶的亡灵"

牙花散？抑或牙巫的启示从天而降

让陆铎宽阔而深邃，荒野一样老去
接纳天地诸魔，九百九十九位神魔
"整个部落汲出精血与敬畏之后，被黑暗涂抹
天地之间只有一个创造者。"梦亦非猜测

——在历史停滞的地方，虚构便开始了
文字也是祭祀的虚拟，它却是现实的
陆铎终于沉入半个时光的旋涡之下
摸到大地的暗流，寻找笔画的出口

……天崩地裂！天地散开漆黑
神惊呼四退，黑色之雨战栗而下
融尽荒凉……反书[21]在一堆白骨上
血色的笔画刀口般闪现，在阳光下

"文字造就了一个民族，让它繁殖于其中"
睢引领他的部落如拔节的芦苇
新鲜，嘹亮，把河流之结解开
露出少年的陆铎：这冥想的写作者

副歌[22]

    初造人 先造陆铎
    陆铎公 住燕子洞
    造陆铎 也造陆甲
    陆甲公 住蝙蝠洞

    他两个 水族远祖
    给水家 创造水书
    古水书 共有六箱
    水书中 有吉有凶

六

叙述创造反书的过程中，梦亦非

从用剩的精血中干涸下来——
他意外地窥到了写作的秘密
云带来无穷秋意，把他晾在椅背上

"历史也是一件旧衣裳，谁的生活穿上它
随即与死亡贴身相处。"这是梦亦非的苦笑
像办公室中摇晃的一页电话号码簿
晒着夕阳，但无法被睡眠合上

直到巫女下班，路过他的研究
在农贸市场中，贸然地念起咒语
使一条鲤鱼停止弹跳：他终于到达
巫女的气息中沉入日子的水底

——他目睹睢，目睹陆铎今天的面目
多么像……数千年的时光突然就省略了
谁捕猎了这庞大的猎物？考据的秋风
沾雨拖过，把一切幻象打扫得干干净净

而南方依然在泛黄的线装书中
在人类遗址中。"无法穿过那条红水河
到达邑虽山[23]。"鬼师仿佛在梦亦非的梦中
与前生相遇……尚未辨识就消逝了

这个博物馆馆长疑惑地停下书写
江水一样地瘦下去。都柳江畔的县城
褪去许多炎热和许多炎症：少妇的背心
巫女的超短裙。梦亦非成为一个名字

"但字迹永不能融化，"[24]比如一只长腿小虫
被扔出窗外，又爬到稿子上
他懂得诗人的那句话：虚幻感终有一天
变得充实、宁静。"[25]写作者储蓄了时间
于是他从夜里浮出来，研究接通了骆越人[26]
那么长的生命，"所谓历史感就是写作
让时光断流。"朝南的早晨中

他在用过的复印纸后背，写下这首诗

副歌[27]

    掐椒叶　给星搭桥
    棕叶桥　造给北斗
    将椒叶　搭桥给月
    月光明　高在云巅

    星闪烁　星在遥远
    星和月　洒下银光
    让人们　时常思恋
    摸三次　抓不着星

七

八月的第二个亥日，端节[28]，黄昏旧旧地
搭在西天，鬼师、巫女与梦亦非
出现在红水河废弃的渡口：他们推断
正是祖先靠岸之处，一个民族的起点

只有借于巫术，他们才能给自己的来历
编出让自己信服的解说，对遗迹的猜谜
也一样，故事多种说法中的一种
从叙事中掐来芭茅，沙滩上插个圆圈

虚拟的刀剑丛里，鬼师坐在梦亦非身后
江流被他画在暮色上，空气中闪烁着虫吟
巫女在他面前插燃三炷香，摆放一碗米
一碗酸汤、一碗肉以及一碗糯米饭

晚风从对岸渡过来，摇响鬼师手中的
一束芭茅，巫女在其上挂了白纸条
"巫术让我们跨越时空，从语言
进入沉醉的存在。"众人头上盖着白纸

没有字迹，红水河抽象地流下去也不见字迹

只有写作是拙劣的。始终没有桥与船的渡口
鬼师念念有词，挥动锋利的刀剑
驱赶在梦亦非头顶的伞上，鬼魂们逃遁

那些穿行于岁月缝隙的野鬼的水底的冤魂
鸭子流着血，沿着象征的世界飞行了一圈
以鲜血将它包围，而巫女将石灰画上一周
稻谷因此黄着，远近的梯田中垂下头颅

挽住夕晖。鬼师执着香火，于一碗清水中
画符：那些狰狞的反书，燃进三张黄钱
法水一口喷向梦亦非，一口漫天喷出
这个洁净的世界完成，红水河静止了一瞬间

梦亦非的魂魄过了河——只有在巫术中渡河
沿河而下或溯流而上，皆在逝水的流程之内
——逆着祖先的方向，他从桥上渡过去
那在法水雾中升起的虹，它在流水之上

副歌[29]
　　古父老　　住在睢雅
　　发洪水　　四处散开
　　在广东　　做不成吃
　　住广西　　积不起钱

　　哥随红水河上去
　　弟沿清水江下来
　　中间公　　渡过彼岸
　　到贵州　　养育后代

八

睢和他的部落遭遇了大旱，走出睢水流域
那个冬天，旱魔不停地将他们追赶
它山洞般的大嘴张开天空，灰白的皮毛
盖住四野，趾爪粗糙地在大地上

抓出道道裂痕，散尼花[30]被逃亡的念头引诱
每夜梦见睢水流向手掌，又决堤而去
而他前而的睢则看两条河流在变幻
在流粮食流蜜的南方，他从未想过的故乡

整个部落蜗牛般蠕动，往每一茎绿色
"时间却急躁地将他们远远抛下
生命以十倍的速度衰老。"此时
故乡仅仅是被忘却的一个概念

让散尼花被十个太阳的影子绊倒，阳光、阳光
……黏稠地堵住他的归途。"终于疯了
时间脱掉岁月的外壳，它就是大河的泛滥"
生息的轮回越转越急最终静止为死亡

"这就是一个人的命运，被裹挟进一道急流
但获救不止是个体的事。"散尼花越来越粗
十轮火球把他的生命拔到最高处，恐慌
像土地般每一脚都扬起迷眼的尘埃

而英雄不过是后代的设想。陆铎驮着《泐虽》
像一尾金色的鱼，背后的鱼群越走越小
许多人漂浮在了冒着白烟的阳光面上
散尼花看到睢的眼睛瞪成了一张拉满的弓

——梦亦非考证到了弓，在散尼花梦到南方
清流的时候，他在水边写到了弓箭
按照对历史的叙事程式，让散尼花
抓住了弓箭，这牙花散[31]的赐予

射落九只金乌，剩下一只留到今天
飞过梦亦非整天的写作，"不过与时间
打了个平手，一切可怕得正常。"这一年秋天
睢带领他的部落来到长江岸上

副歌[32]

太阳多　犹如烈火
水家人　灾难深重
天仙知　又降人间
随身带　利箭弯弓

将弓箭　送散尼花
他精灵　张弓搭箭
射呀射　射落九个
留一个　照耀人间

九

歇马江南的那一年，部落进入秋天
浮云般苍老的睢长成了少年
他纳闷地感觉，时间已经往回收缩
　　"……历史系列可以是悲剧或喜剧故事的

成分。"[33]而回溯的时间却把两者
捏成同一回事。"一场洪水就要到来"
《渤虽》暗示了陆铎，却无法让睢明了
这落叶样的呓语被天穹上的牙花散听到

她在牙巫的潮汐中扮演自己的命运
像一只黑鸟，从空间的另一维侧过来
成为睢的妹妹。故事从拾到斧子开始
换来一颗金色的葫芦籽，他们诚实地

种下，十天里长成一只用于收容的葫芦
"每一历史话语都是有意义的比喻"[34]
于是暴雨从牙巫的宫殿泼下，洪水滔天
浸泡罪恶的大地，将积垢的历史清洗

牙花散引领着睢，躲到巨大的葫芦中去
在神话的子宫中躲避时间的倒流
多么伟大，辉煌的洪水把朝代

卷回大禹的英雄时期，神奇的牙巫呵

你天才的编剧才能让梦亦非与巫女
目瞪口呆，坐在洪水刚刚消退的都柳江畔[35]
领略牙花散精彩的表演，这专司生殖的女神
于大地的空无之内，引诱沧桑的睢

给南方留下兄妹成婚的亘古冲动
那丑陋的肉团劈开，那乱飞的鸦群
将一个部落四处播散，人烟四起
她成为一个民族不能回避的母亲

而睢仰天长啸，带领他的部落再次起程
在这个初日流血的早晨，疼痛中
梦亦非和巫女摸到他渐渐滚烫的额头
与写作越来越近，像崭新的这一天

副歌[36]

    涨大水　　漫天茫茫
    兄妹俩　　凿开葫芦
    钻进去　　当做住房
    漂呀漂　　遇到花散

    仙人教　　兄妹成婚
    乱人伦　　生磨石子
    这孩子　　没头没颈
    没手脚　　气死爹娘

十

"邑，水语中为山的意思，"梦亦非
把一杯啤酒端起，"虽，即族名
与'水'一样，为音译……"泡沫像废话
膨胀，又瘪下去，但它是时光的表象

在这个邕江流域的中秋节，巫女感到

沁骨的冷寂，如冻过的啤酒
"一个不可触及的名词，隔着时间之河……"
暮色里显得虚幻，她隐隐听到鬼师的诵经

流到九泉，又溢出来，渗过光阴的缝隙
梦亦非听她喟叹，"邑虽山上，祖先们都团聚了
在无名的山顶，江风吹不到的角落……"
如这山腰上的酒家，不断将泡沫涌出

坐在走廊中看月亮。鬼师远在都柳江
他们在邕江悠转了许多年，也没有打听到
邑虽山的存在。此时，梦亦非遥遥感到
睢的队伍歇在半山，影响了月亮与他的运气

"命名是一种抽空，"在流离的群山中
他发现，"时光如夜霭，擦去苍莽的所指
更远的回望中只剩下传说的能指——
一只蝉蜕，在秋夜的黯淡中起落"

包括邑虽山，这归途中曾经喧闹的一站
文献里看见它浮出，在鬼师的《调布控》[37]中
屡次吟唱，这亡灵回乡的必经之地
巫女的歌声酒味般苦涩，像月光下的江水

"哦，祖先，你们在我的身边，多么近
我多么劳累。"香火熄灭，传说纷呈
突然巫女从幽冥中被推出，一身冷汗
越过临界时她目睹了一个酋长和他的队伍
给她的指点，"那是我们所在的这座山"
她将那个远古的名词拯救，岁月被折服
将湮灭的记忆还原出来……酒店之上
一轮酒色的满月被风吹白，吹冷

副歌[38]
　　　　这地方　邑虽山上
　　　　真是多　虎豹豺狼

略和猛³⁹　杀了凶龙
巫和鸠⁴⁰　刺了猛虎

邕虽山　从此平安
一棚棚　瓜果累累
牙花恋⁴¹　把洞当屋
陆铎公　教用刀斧

十一

这是一个阴谋，比如日落的空前惨烈
背部还是锃亮的日出，让人绝望。"许多年前
睢在伪史中恨恨不已，他遥想中秋之畔
部落在翻越五岭之前收住步履

大面积地，眺望北方的时光——
那烫手之月从掌中辗过，慢慢伤风
这暗哑的轮子竟然向睢水陷落而去
坚硬的睢泪湿月波，将桂花的幽香

漂到语焉不详的修辞中……"一生都是逃避
命运金鼓不息的恐慌，却暗地里期盼
时间将我撞翻在地。"不知名的伪史作者
被生活急剧剥离，忽然落在睢的误区里

过浓的怀乡症将他包围，成为他的痼疾
部落在他的隐痛中连换了六次传说⁴²
方认定骆越的方位，"一切多么地哀怨
多么地……这对北方的最后一次回望呵"

睢从拂晓中坐起，将水色的弓拉满
如杯中的月影，被西风的铁指
"铮"地剪断，使得月亮在睢水边上
被周朝碰缺一块，梦里的部落

猝然地让疼痛敲醒，发现自己走在越岭的途中

睢从鬼师的传说和陆铎的沉默中看见
时间越来越喘息，翻越了五岭的队伍
将历史甩在山阴，"群山莽莽，把过去隔绝"

睢长长地出了口气，如仪式终了的鬼师
跨入异样的日子。山岭在身后越长越高
与牙巫的宫墙砌成一体，滴水不渗
走下山麓的部落巫女般唱起情歌

直到许多年之后，岭外月光如书页
不动声色地被歌声般的桂香递过来
"这是一个阴谋，"睢垮了下去，"土地更换
宿命与日子一如既往：时间的铁蹄重重踏下"

副歌[43]

    初三晚　月露脸庞
    到初五　大地见亮
    初八九　翻到山梁
    到十三　亮到檐脚

    十四晚　照到檐廊
    跨十五　照见椽角
    十五圆　十六悬空
    跨廿几　渐渐缩小

十二

一夜西风，西风在早晨继续吹动
嘭嘭地闷响，历史破碎
长长的西风将破碎的时间固结
"这神话的时间在雨丝中显现，像一枚干果"

干栏[44]上，梦亦非在伪史中写道——
西风把他吹送到骆越的干栏，蓝色地
吹得他心神不定，歪歪斜斜
站起来摸过一阵雨声，寻找剩下的半罐酒

却在醉意中摸到鬼师，坐在火焰上的鬼师
满地大风同样把火焰摇摇晃晃左左右右
照见骆越的身影，鬼师拿不定主意
像这栋叙事中含糊地嘶叫的竹木建筑

苍黄的西风又送来了秋雨，梦亦非从鬼师中窥见
这些飞鸟的图腾部落，"人面鸟喙，而有翼
手足扶翼而行，食海中鱼。"[45]鬼师晃动在酒罐
解释，骆越即是鸟人的意思，以鸟为卜

他们飞行在神话时间，"空间化的时间
藏在一枚果实的内心。"连湿透的睢也听说
他们的羽翼从未沾过时间的焦虑
裹挟过睢的冷风也无法吹进他们的树窠

"而我多么渴望加入他们的生活，许多年前
我曾离开，而今他们却抛弃了我。"梦亦非轻浮的声音
如一缕烟火盘桓在房间里，骆越民族
从哪一扇门进出呢？漫天都是幽蓝的秋雨

在西风中把历史搅在一团，如洇水的线装书
他将鸟胫抽出，扎进细细的竹签
他在十八种变化[46]中辨认祖魂的翼群
"但西风吹得我更加渴望。"把酒中的火焰吹熄
终于集存了火炭一样，"骆越把时间一滴滴地
存储。"回环的风雨中梦亦非晕头转向
如鬼师蛋卜中的鸟卵，起伏于沸水
被史册推到一次秦朝的征伐之中

副歌[47]
　　房柱子　全立稳了
　　柱顶上　架起横梁
　　大锤敲　穿枋牢紧
　　将椽条　钉在屋上

割长草　盖在屋顶
茅草厚　能避风霜
冰雹打　不愁破碎
住里面　稳如山冈

十三

对于牙巫与拱殷[48]的指令，必须听从，正如
一部私人意义的历史必须服从叙事规则
——部落终于抵达故乡，他们听到了铜鼓[49]
一如响雷砸着云层，这个忌雷[50]的部落

从此把故乡传奇在骆越地区，驻立于陆铎
择定的大旺日[51]，公闷时[52]，一个吉立[53]方位
干栏上的睢像一只穿过春苍夏黄的鸟
敛翅于想象之巢，睢枕着他的部落——

一群群衔着情歌的诺棉鸟，成为铜鼓上的纹饰
"这是故乡，生儿育女的地方
抱紧粮食与《渺虽》，在太阳芒[54]中死去"
岁月被一声铜鸣从睢的额头消散

而陆铎与牙花散坐上灵位，不发一言
在众人的香火中休憩，时间的队伍开过来
——梦亦非在史书中查到，公元前二二一年
始皇帝派尉屠睢发卒五十万，进军岭南

越人"皆入丛薄中……莫肯为秦虏，相置桀骏
以为将，"[55]愤怒之水中睢刀指苍茫
天地哗然坍塌，一枚自足的坚果砸碎
散尼花长箭将尉屠睢的太阳射杀

"尉，官职，屠睢，即屠杀睢人之意"
梦亦非怀疑地对鬼师道，他从辛勤生育的牙花散
瞥见巫女的命运，这个失散已久的母性
为时间贡献不断的牺牲，让祭坛长存

铜鼓长鸣，致敌"三年不解甲驰弩""伏尸流血
数十万，"[56]而时间冲决血迹，从灵渠[57]中汹涌
卷来……呛水的睢幡然哀叹，"故乡不在大地
在时间的源头呵，或者历史的结尾"

梦亦非注释道："在远方的向往中
不安的生涯之外，但是陆铎从未指示出
时间迁徙的流程。"战争中文字箭头般绽开
让睢与梦亦非面对巫女，目瞪口呆……

副歌[58]
　　在很久很久以前
　　地方宽广最好住
　　仙人在那边踩地
　　鱼龙在这边摆鳞

　　可惜快乐不多久
　　外地人就来争夺
　　安起了铜弓
　　架上了铜箭

十四

"时间是一座庞大的迷宫，牙巫用尽所有生命
和智慧筑造的阴谋，永不剥蚀
连神灵也常常在其间迷失方向。"梦亦非写道
睢与他的部落遭遇最后的黑暗，比阳光刺目的

黑暗，把历史全都取消，从未瞑目的宫殿
被自己内心的黯淡吞没，"谁意识到它
谁就会明白自己的宿命。"睢大声呼喊
却听不到回应，只有写作保存了他的声音

但修辞也被消磨掉，梦亦非开始怀疑写作的真实
对睢人的猜谜归结到一沓写满文字的纸上

——将白纸变为废纸便是对迷宫的一次绝望
对巫女的一次企盼：她魔幻的言词能否穿越

最薄的那一层谬误，捅亮那转弯处的袭击
通向走近的牙花散，"至于战争，不过是一些
迷路者归途中的恐惧。"她的引领未错，却使他
碰在凉凉的变幻的写作之墙上，"孤独是永恒的"

而孤独的陆铎手持《涴虽》飞行在众人的梦境中
指引睡人、追寻者，鬼魂无限地接近
归途也是对出口的想象之途，从北方到岭南
从鲜血到文字，"但《涴虽》亦是迷宫梦里的影子"

战争因此是无用的，生长翅翼的骆越人
飞翔是没有用的，就算像书页一样扬起
掉头走开或放声大哭泣，也不能抵达那隐秘的开口
"神呵，时间这座迷宫竟然是没有任何裂缝的"

"我们的生死都囿在其中，只有互相靠近
驱走更浓的不安。"梦亦非狂躁地在空中刻下一行箴言
却被季节与死亡填掉，听不到巫女的感应
那游戏的神缓缓转动背后的一条路径

让我们回到写作的无奈之内，进入迷宫的中心
"我们的融合将是这座庞然大物的崩裂？"鬼师一阵狂喜
但是，神呵，你伟大得绝望的设计
让他们互相错开，越走越弯曲，连遗憾也不曾触及……

副歌[59]
　　当初开天
　　道路很窄
　　牙仙[60]出来
　　喊把路开拓宽广

　　当初开路
　　野外成群虎狼

爬满荒山
到处溜溜滑光

十五

现在，时间澄净下来，大地更远
苍蓝的天空宛若诸神的心境——
他们在这个清凉之晨驾着车盖退场
雷声，也被辙痕带走，留下了秋天

横亘写作的秋天，在迷宫里消失过的伪史者
坐在干燥的都柳江源头，华发爬上
二十五岁的两鬓，内心沧桑如礁石
"一切都是游戏。"他在结尾时老成一段文字

是的，这一切叙事都是神话，是残缺的伪史
"神话是祖先对付时间的伪史，一种策略
他们无形的翅翼，穿越着时空。"梦亦非仿佛耳闻
鬼师离开时的自语，他又重返他的博物馆

叙说那些迁徙的足迹：沉静地脱离于岁月
证实睢与他的部落划出的归途，归途漫漫
逶迤于梦亦非的写作中，正如他的写作中
在睢与陆铎连绵的风雨中时隐时现一条长路

而秋意是不可言说的，"我在时间这座迷宫中
辗转了一生，但在我的写作中，无数次将它拆毁
'时间你停一停'，于是这座巨殿便出现一次缺陷"
——这古老的巫术让梦亦非沉溺不已，操持终身

在它之中，人与时间互相呼应，如同他与巫女
心灵的暗暗伤害，雾霭般的巫女不知所终
或许，她目睹了迷宫的规则，自此黑暗
一个摸到漩涡底部的人怎能开口歌唱呢

想起巫女他心如秋水，皱纹落了下去

"最后，我与时间打了个平手，这对敌人
在伪史的跋中握手言和。"他掌握着写作的可能性
那同样是一座迷宫，让时间巫女般停下来，思索

这时他与睢坐在文字之上，听鬼神隐匿
而遗下光芒，听末路的欲望走回自己
那条亘古的归途，淡淡地闪着蓝光
天地之间没入苍凉的烟雨之后

副歌[61]

    仙造端　　送虽来过

    养鱼虾　　祭奠远祖

    敲铜鼓　　庆贺丰收

    扫庭院　　擦洗碗筷

    吃素菜　　古老规矩

    散端坡　　开荤请客

    备酒肉　　款待亲朋

    弟兄们　　骑马相会

2000年9月11日—20日

注释

[1] 牙巫：水族神话中开天辟地创造万物的女神。

[2] 《泐虽》：即《水书》，水族择吉通书，与汉族《象吉通书》相近，其中保存了水文四百多个，分"白书""黑书"，前者用于择吉避鬼，后者用于放鬼与拒鬼。

[3] 鬼师：水族中驱鬼放鬼的巫者，男性。

[4] 牧野：牧野之战的战场，此战中殷人战败，据水家学专家石国义考证，殷人中睢地部落战败南迁，为水族远祖。

[5] 睢：古睢地包括现今河南睢县、淮阴至安徽砀山、睢溪、江苏睢宁等一带，中有睢河，本诗中用作人名。

[6] 巫女：水族中能通鬼神的女人，本诗中用作人名。

[7] 大更：水语音译，意为大更替、大移动，是导致钱财、人口外流的鬼，行辰逢此日为凶。

[8] 陆铎：水族的正神，传说为《泐虽》的创造者，一说名为"陆铎"的人，一说可译为"六个公公"，包括羊、毫、罕、项、挂、光，各司神职；一说为一个善鬼集团，由陆铎之父（公六莽）、母（牙所活）、兄弟（阿六甲、免六奴、补懈六奇）、姊妹（公六瓜·补浪哈、公乃西·牙伞尼、公启高·牙报补、补加细·尼加烟）组成。

[9] 指水族神话中的射日神箭手散尼花。

[10] [11] [12] [33] 海登·怀特《作为文学虚构的历史文本》，见《新历史主义与文学批评》第168、267、164页，北京大学出版社1993年版。

[13] 此副歌为水族情歌《姑娘好像一匹彩缎》。

[14] 水族请巫女问鬼时，需备一碗米。

[15] 三洞、水婆：均为贵州三都水族自治县地名。

[16] 怕梅：水语音译，传说原来天下都是兄妹，不能开亲，大家议定倒栽五棵枫树，如果成活，就能通婚。

[17] 瓮沽下与瓮沽裸：水族神话中的平顶王与尖头王。

[18] 十里长坡、巴容：均为地名，前者在贵州三者县，后者在贵州荔波县。

[19] 丹州：古地名，为今天的广西南丹县。

[20] 中间公：指水族中从岭南一带迁到贵州的祖先，三兄弟中他是第二个，故称中间公。

[21] 反书：水文中一部分为甲骨文反写，故水族中亦称水文为反书，有时也称《泐虽》为反书。

[22] 此副歌为水族古歌《陆铎、陆甲造水书》片断。

[23] 邕虽山：水族传说中邕江流域的一座山，祖先迁徙途中曾居于此山。

[24] [25] 均为山东诗人孙磊诗句。

[26] 骆越：壮语中为鸟人之意，分衍出南方各少数民族。

[27] 此副歌为水族情歌《盼星月　降临人间》片断。

[28] 端节：水族最隆重的节日，在秋季，各地过节日期不一样。

[29] 此副歌为水族古歌《迁徙歌》。

[30] 散尼花：水族神话中射日的神箭手。

[31] 牙花散：水族神话中专司生殖的女神。

[32] 此副歌为水族古歌《开天辟地》片断。

[34] 海登·怀特《历史主义、修辞与历史想象》，见《新历史主义与文学批评》第193页。

[35] 写作本诗的本年夏季，贵州三都县因都柳江泛滥，遭受百年不遇的洪水。

[36] [43] 此副歌为水族古歌《开天地　造人烟》片断。

[37] 《调布控》：水族中，老人去世时鬼师所念的调词，为了给亡灵列出祖先迁来的路线让其回到故土，也为了给后人留下家族繁衍生息的历史。

[38] 此副歌为水族古歌《陆铎公的歌》片断。

[39] [40略] [猛] [巫] [鸠]：均为水族传说中武力很大的勇夫。

[41] 牙花恋：水族女神。

[42] 指水族对自己的民族源流的六种说法：江南迁来说、贵州土著说、龙番后裔说、东谢蛮遗民说、夜郎僚人说、殷人后裔说。

[44] 干栏：水语中为木楼，一种上层居人下层住牲口的木建筑。

[45] 东方朔《神异记》卷二，《说郛》（函芬楼）卷65。

[46] 周去非《岭外代答》云：南人以鸡卜……取鸡腿骨洗净……以细竹筳长寸余者遍插之……其法十八变。

[47] 此副歌为水族古歌《造屋歌》片断。

[48] 拱殷：水族神话中开辟地方的巨神。

[49] 铜鼓：水族最为珍视的乐器，其状如短木桶，用于祭祖、婚丧、娱乐等。

[50] 水族耕种及喜事忌雷。

[51] 大旺日：《水书》中用于起房的吉日。

[52] 公网时：《水书》意为大明时，用这个时辰营造大吉。

[53] 吉立：《水书》中意为顺畅流通的水槽，回乡用此方起房大吉，能由贫变富。

[54] 太阳芒：铜鼓鼓面中心的饰纹。

[55] [56] 《淮南子》卷18《人间训》。

[57] 灵渠：秦始皇派史禄所开，在今广西，用以保证秦军的军需供应和后继增援，因而于公元前二一三年打败越人，统一岭南。

[58][59] 此副歌为水族古歌《开路调》片断。

[60] 牙仙：即牙巫。

[61] 此副歌为水族古歌《端节歌》片断。

片羽

胡亮

西山，众鸟，诸神，都已经高飞，
遗我以片羽。
　　　　——题记

1

当我手持一部剑桥科技史，
西山就显得更加无辜，

2

黑压压的森林，没有人，树叶都安于自己的
　　经纬，
蚂蚁也安于自己的阡陌，
大象移动着巨腿，
合乎礼，

3

从泥土的幽暗，到树根，到树干，到树冠，
还没有开通火车，

4

街道切断了晚翠，也没收了我们的入场券，

5

银杏顺从了铁锹的癫痫病，
顺从了秋风的法典，
以其无敌的柔弱，

6

麻雀的翅膀仅仅蘸了一滴科长的忧愁，
就轻看了部长，

7
米兰混迹于渠河两岸，
不让自己的暗薰
加入任何一对男女，

8
满山都是乐器；
那个准备考音乐学院的女生却披挂着钢琴，

9
黄桷兰香了西山路，
香了刚抓住的小偷，
香了东张西望的西山路派出所，

10
父亲加入了落日协会，
又加入了扑克协会，
洗牌的时候，
他夹入了一张没有点数的余晖，

11
如果不是坚持宽恕，
我们早已四面悬崖，

12
手机换了又换，
从未拨通过西山的榆树，桃树，和狐狸精，

13
从上游冲来了死鱼，木头，书包，科学，以
及化工厂的
大意，

14
儿子大了十岁，母亲老了十岁，书房从卧室
移到了客厅，

西山却不增不减，

15
桂花分为金桂和银桂，
而金桂和银桂，
却从来分不清金和银，

16
夹竹桃坦然生长在渠河两岸，
含毒开放，
一点儿也不怕被我们晓得，

17
一本买了十几年的书，
我还没有看，
——它已经动身去未来某处相候，

18
美人儿啊，白骨啊，仅仅隔着一次宿醉呢，

19
斑鸠越来越多了，
白鹤越来越多了，
它们在玛瑙堆里挑走了散落的谷粒，

20
那就再出生一次吧，从古巷，从历史的阴
道，

21
窗外有高树，
夏蝉挂瀑布，
顾不得那辆醉醺醺的卡车碾碎了玉石，

22
西山放映着启示录；

我们仅仅看见：
浅绿向深绿，深绿向墨绿，

23
我们会说轿车撞了卡车；
不会说，
浮云撞了浮云，

24
暴风雨乱了我的眼睛，
却不会乱了枝叶，
更不会乱了西山的一脸懵懂，

25
我低估了一支蒹葭，
过了几分钟，
又低估了一块黑黢黢的鹅卵石，

26
一座市级图书馆，不敌半页西山，

27
蜉蝣途经二十桩凶杀案，八十座悬崖，
熬过了漫长的半日闲，

28
飞机穿过了雁阵，
穿过了蜂群，
穿过了无数不设防的翅膀，

29
布谷鸟会停上我的左肩，
翠鸟会停上我的右肩，
——如果我仍是一个没开窍的少年郎，

30
那闪电让我看了个清楚：
多少热泪，多少巨著，都已经化成了齑粉，

31
推土机嗑到无垠的花岗岩，
顿时停了下来，
——如同我们终于谈到痛苦，

32
我们饮下了涨潮的葡萄酒，
碰碎了虚无的琉璃盏，

33
那个美人儿找到了好针线，
织出了百褶裙，
闲不住啊，
很快又织出了万古愁，

34
终于来到这家悬崖旅店，
我们的爱情，
就直接压向了云端，

35
两个夜游神，
在芭蕉的暗影里交换了肺腑，
有个夜游神可能吃了亏，

36
一疋又一疋的流水，
漫过了剪刀，
——那个剪刀手却没得到一疋丝绸，

37
那让栀子花开花的力量，

也移动了太阳，
并与我们签下了相似的合同，

38
母亲歪在沙发里睡着了；
光线变暗，
客厅无涯，

39
西山没有任何意图；
灌木，乔木，各种小动物，都误入了我们的
意图，

40
沿河走走，看看，
凡是被我叫出名字的花朵都受到了惊吓，

41
穿过一部陡峭而傲慢的文明史，
我才能去到对岸，
去到那个灌木丛的未名期，

42
西风越来越紧，
天晓得呢，
这次枯萎了一个红鼻子副局长，

43
两盆兰草来到客厅的沙漠，
它们没有熬过被反复设计过的夏天，

44
我刚走进那家植物店，
哦，对了，就嗅到了绿油油的忐忑，
——来自一株株遗孤，

45
会议只安排了十九项议程；
还来不及修改野雉的尾翎，来不及讨论它们
的婚姻法，

46
槐树，桉树，都沿着各自的栈道，
蚂蚁和鹌鹑也是如此，
——它们还没有学会暗渡，

47
必须让尖刺倒过来生长，向肉，向心脏，
最后只有割开动脉，
才能找见那片成林的荆棘，

48
我吞食着箭镞——来自仇恨，误会，肤浅，
和衰老，
——为了把它们消化成一堆废铁，

49
西山唤醒了一个半入睡的游牧者，
他愿意把高楼夷为草原，

50
那让刀卷了刃的，
不是沉默，
而是纯棉的早晨，亚麻的黄昏，

51
西山把我们退了回来；
正如我们爬上西山，
想要退去地图，毒药，下半年的工作计划，

52
松鼠扔掉一颗坏的松果，

就成全了一次欢会；

母亲扔掉一个坏的马桶，结果呢，不免大
异，

53

看得到的地方用上梨木，

看不到的地方用上柏木，

巧手木匠还为这张双人床镶入了一个重洋，

54

就在云端，在云端，我办了一家加工厂，

——为了把锁和妄想加工成从未开采过的铁
矿，

55

野鸡飞走了，带着我的蓝色尾翎，

56

我要怎样才能做到，

不让体内的大树从嘴里露出一点点枝条？

57

为了宽恕你，

我将自己从山腰降落到了山麓，

58

这失控的乳房，

这可怜的姑娘，

在动用束胸带的时候也动用了道德，

59

夏天已经打烊，

秋天的瓶塞才刚刚打开，

——西山端上了醉人的鸡尾酒，

60

为了成为九级老狐狸，

他拿下了所有课程；最后，却没有接受那个
证书，

从学校的后门溜走了，

61

西山还没有下设纪律检查委员会，

62

她们技艺如此娴熟，

已经把小心眼烹制得香气四溢，

63

我的局限性，西山，两者组成了棋局，

落子之手听命于更高的阴晴，

64

渠河沿着两岸的逻辑，

冲刷出一个参差的秋天，

65

我们被赐予了肉眼，秋毫，天地；

却被瞒得好苦，

66

"秋风吹莲蓬"，诗人写了半句，没了下
 文；

墨色已干，

山水忘言，

67

一只鸽子，真不幸呀，它是一只灰鸽子，

带着对多数的反对，

掠过了青瓦，愤怒，和白鸽子公社，

68
衰老是从哪里开始的呢，
胡须，眼睛，牙齿？不，是从一句喃喃自语，
"不能再鼓励陌生的才能"，

69
卖飞机票的姑娘啊，
你问我要去哪儿？……雀斑学校，

70
一只小螃蟹横过青石板，
就掉进了下水道，
——废水，秽物，人心，早已搅拌成它的前
　途，

71
西山选修课不过是秋风，
练习册不过是落叶全集，

72
童年给我回信了：一封红萝卜，一封白萝卜，

73
麒麟如逃犯；它宽恕了成群结队的麻雀，
宽恕了众口，宽恕了
背后的蒺藜，

74
草丛半绿，半黄，从深处传出了声响，
我看不见任何小动物：
也许它们已经建成了精妙天堂，

75
秋风吹落了我的心脏；
我却在小叶桉、刺槐、香椿和松柏之间找到
　了无穷的

替换物，

76
烟从香炉里面飞散，
我就现出了原形：先是一尾古琴，
再是一柄古剑，
——后来仍不免毁成此刻肉身，

77
我的笑容打了个皱，
——定然有个皂隶摁动了手里的机关，

78
流水、枯枝和冬至的小团圆，
轻喜剧和幽灵的小团圆，
远黛、斧柄和耿介书生的小团圆，

79
幸福没有什么仪式感，
像猫，无声无息，脚掌带有肉垫，
有时候还戴着苦瓜面具，

80
在焉支山腹地，我曾看到两只白牦牛，
带着几十只黑牦牛，
缓缓穿过树林，
视我等如草芥，

81
猎人射杀了危岩上那只忧郁的母豹；
两只小豹心内无敌，
只管嗷嗷对风雪，

82
我还没有走近，窗台上的小麻雀就飞走了；
它用鸣叫，
浇熄了满室吟哦，

83
几盆花都死了，它们没有养活我的闲情，

84
灰喜鹊撞死在玻璃；
朋友啊，当你发了狂疾，我该从何处击碎无
　　色和无形？

85
那根甘蔗长了七八节：从最粗的绝望，
到最细的放松，

86
如何来认定一首诗？
你顺手启动了一台无处不在的仪器，
还以为启动了自我，

87
满山柏树依然青翠；
寒风并未卷刃，早已在树液里留下了汹涌的
　　刀斧，

88
黄衣僧人扫着满地枯叶；
我们刚好停住车，四只轮胎就认了蒲团，

89
我拧紧了四肢，你也如此，
直到从山麓平铺出来一个如此清凉的人工
　　湖，

90
寺庙又在重修，
一个个信徒被退回到他们的险象，

91
盆栽女郎把爱情驱入了荒原，

92
小小虫介，
亦有深心，

93
早晚半杯白开水，加点蜂蜜，
上午，下午，两杯孤茶；
就是这样？不，我还喝下了每分每秒的迷魂
　　汤，

94
我是哪只麻雀，哪只野蜂，哪棵芦苇，哪片
　　流云？
我在我之外如何逃散？

95
听命于某个咒语，推土机又开了出来；
西山撒了一把草籽，慢慢地，
慢慢地，磨损了钢铁，

96
枯枝如兽角，群鹿委顿，冬天真的来了；
心里积雪渐厚，
就要盖住密密麻麻的蹄印，

97
我有太大的舌头，你有太小的耳朵，
我有太细的心，你有看不见西山的眼睛，

98
雄心不可抵达之处就是西山，
被反复误读唯有西山，
麒麟遍地恰是西山，

99
瓶中人生渐成椭圆；
当我终于大胆地探出了头颅，
就看见西山，
带动满天星斗从容旋转……

2016年8月6日 改定

中秋夜致柏桦（2首）

赵野

中秋夜致柏桦

霜露、月亮、乌鹊的飞翔
南风习习，少年的梦想还可期呢

诗人在格物中学习生活
直至针尖卉出会心的花朵

满世界都呼啸着奔赴未来
我们独独走回过去

南风熙熙，拂过每一个洞穴
万物都有自己的天上人间

霾中风景

塔楼，树，弱音的太阳
构成一片霾中风景
鸟还在奋力飞着
亲人们翻检旧时物件
记忆弯曲，长长的隧道后
故国有另一个早晨
如果一切未走向毁灭，我想
我就要重塑传统和山河

我经历过一段灰白的日子（6首）

关晶晶

每天都有人死去

每天都有人死去
花园里每天都有新鲜落叶
泥土上粘着蝴蝶或蜻蜓的翅膀
窗前的山峦寂然不动
它一定知晓季节与生命的更迭
我每天劳作，使自己腰酸背痛
我厌恶一切挽留和多余的珍惜
没有什么非此不可
远离你所相信的，远离你所热爱的
他人生死，终会流转成你我
对这世间长久的凝望

我经历过一段灰白的日子

我经历过一段灰白的日子
这生命中突如其来的、常人难以接受的部分
并不比灰白天空下的人流更绝望
绝望，属于群居动物的恐惧
而那些开阔的场景，比如
落叶的深秋，栏杆外的枯树桩
无话可说地排成一排
比如夜雨带来湍急的溪水
对面的山林，与我同坐一片寂寥
比如生命，或者死亡
它们如此平静，又无限光明

无题

三个月不开口说话
两个月不照镜子
一碗清淡下酒
举杯只敬孤独
这世界没有秘密
万事万物皆是答案
每个人都有自己的劫数
也有自己的奇迹

嘘

上一秒的存在
这一秒已经死亡
一切都不必要
爱、挽留，或者烦恼
嘘——不要解释
不要表达
不要惊扰一条河流
和正在坍塌的时空

遗忘

蹲下去，在墙边种满菊花
一阵风穿过阳光
时间弯曲，所有的信息被遮蔽
直到北国的雪飘到南方
才恍然忆起，有个人
昨日写下的字，今日便忘记
昨日画下的符号，今日
也已随风散去

坐

坐，坐到虚空破碎大地平沉
坐到脑子里生出一支花来
坐成地底的一块朽木
或者草丛里的一只陶罐
怀一汪雨水
甚至什么也不怀
寂寞在深山
我与我，老死不相往来

冰河期的开始（7首）

鸿鸿

死亡与电影
达达主义百年祭

一只鹿出现在街头
它看着我，仿佛我才是异类
我回过身，街道很熟悉
但我已迷失方向
街上是谁的血？
楼房的后面，为何是海洋？
粗野的色情的音乐，从垃圾箱里冒出
难道那才是我向往的地狱？

一只鹿的骸骨出现在街头
却没人注意

多数人吃着汉堡匆匆走过
少数人走得慢点，他们在拿手机抓怪
只有我和Tristan停下来
他还在讲昨晚的梦，我却不耐烦听
他指着骸骨说，那是死亡的美丽容器
就在街头我们狠狠打了一架

躺在地上，看天空为我们放映的电影
就算一百年这么过去，也不会有人发现
电影里，我们都上战场去杀戮
我们都欺骗了心爱的人
每个婴儿牙牙学语的"达达"，都变成了机
    关枪声
把世界再毁灭一次

让亢奋的人哀伤，让孤独的人
在故乡继续流浪

2016.10.6

结婚周年

我们结婚周年这天
有骤雨也有阳光
我在暴雨中骑车赶路
虽有39元黄色雨衣还是里外透湿
你则和肚子里的小孩在火葬场
等着老友火化
成一把灰
这一年我们去了好多地方
但更多是在剥落的屋顶下
听唱片一圈圈轮转
等衣服风干
等热汤变凉
等倔强的猫咪心软
我们挪挪位置
再多养一个小孩
再多养一只无家可归的猫
再多养一些或苦或甜的盆栽
还有梦里远远近近的
海豚歌声
再多养一些周年纪念

我们结婚周年这天
一群中学生冲进了教育部
被警察反手铐起
在地上拖行
被部长提告
他们要的很简单

他们要的不会比我们更多
一样是可以呼吸的云彩、可以垫高望远的肥
　　皂箱
一样是脱去不合适的帽子、挥舞自己旗帜的
自由
而不愿死盯着倒影，在昨日的谎言里
幻想明日的生活
你肚里的孩子踢踢打打
他也不要来到一个
双手被反绑的世界
（虽然就是有人赞赏
反手弹琴的特技）
先喝一杯火龙果汁
让他安稳地休息
明天，以及下一个明天，我们都需要
继续战斗的勇气

2015.7.24

冰河期的开始

选举过后
雪降在这座
亚热带岛屿

选举结果总是让
多数人兴奋
少数人痛苦
一如雪
总是让少数人兴奋
多数人痛苦

菜冻坏了
鱼冻死了

街猫消失了
爬到一半的候选人
又掉回原本的办公室
继续当市长
不能说话的阿嬷
据说在过去一年
多次以手势拜托邻床
帮她拔管
终于也在雪降之后
离开了

马跑了
焉知非福
马回来了
焉知非祸
我们反复温习
来自中国的古老寓言
并持续猜测着
我们的马还在
到底意味着什么

有人把雪景
上传脸书
美丽
却没有温度
而我三个月大的孩子
翻来覆去
睡不着
他用力的哭声
让全球的气温
回升了0.1度

2016.2.3

选后时光

打字机在打着打字员
————谷川俊太郎

人被粪便排出来
婴儿被哭声生出来
沉睡者被梦唤醒
投票者被别人的选票所决定

下雨的日子
雕像无法逃走
晾在阳台的衣服
也只能继续偷听
邻居的 气象预报

台风后的早上
要去哪里买早餐
这是被呱呱呱吐出的谢票广播车
也无法回答的问题

左边的路

掉头向左
左方无路
底下是断崖、漩涡，以及穿过地心那端的
百慕达

掉头向右
一片平坦、光亮
停满跑车、挖土机、石油货柜，以及
杀人鲸般沉睡的战斗机

还有好长好长的

发钱的队伍
前面有一个人，在计算每个人的工资
他后面有一个人，在计算他的工资
大家都会领到钱
然后绕过那些战斗机的轮子
走路回家
一个没睡饱的小孩回过头
恍惚瞥见
左边的断崖上
有鸟在飞
左边的漩涡中
有鱼在跳跃
左边的深洞中
有一本
他失去的童话书

他被拉着继续走
那条右边的路
满心想着
有一天要绕呀绕到百慕达
去找那本书

2016.9.15

在世界的尽头说早安
　　致铃木忠志

每个族群都有自己的神
或者名号有异，癖好却都相同：
喜欢烟火

兴致一来，不管是不是节日
他们便放起各式各样的烟火
有的飞旋如导弹，有的缤纷如化学弹

有的巨大壮观，如原子弹
他们更喜爱爆炸结束后，烟雾随风飘移
把发着抖的森林，缭绕成缥缈的圣山
而底下奔逃的动物
则是福祚绵延的神的遗族

诸神一个一个被流火射瞎
但他们仍着迷爆炸的声音
并热衷抢食土石流里的野猪和水牛、河川中
被毒害的鱼
一面畅快地排泄到海里

在烟火消逝后的黑暗
一个孩子握着一把锅铲，那是妈妈留给他的
还有一桶清酒，要长大了才能喝
他在等着长大的那一天
要逃出这所病院

到了那一天
诸神高兴地喊着
听！神族的孩子来了
他会来帮我们放烟火
他会保佑我们长命百岁

孩子来到时，对他们深深鞠了一个躬
说早安
并且举起了锅铲

2015.9.6

写作者

为水深火热的
你写

为无人闻问的
你写

即使键盘字迹剥落
（错字不是你在意的）
即使计算机中毒遗忘
（你只在意那还没写出的）

你写

薛西弗斯把石头
推上山顶
不上去，怎知那边是啥
有的石头留在那儿
让山变得更高
有的掉进海里
有的一路滚下去
滚到
你再也望不见的地方

至少
你出了一身汗
你用完了时间
你呼吸到了
无与伦比的好空气
还可以选一条不同的路径
走下山

2016.2.4

除此之外（10首）

紫鹃

你在我面前

晚餐时候
想你

对面
眼睛里的
我

有一种湍急
朝玻璃窗倒影
钻去

停止吧
宁静的颤栗

慢得
那么重

溢下来
悲悲喜喜

流转岁月
波澜壮阔的约定

不思议

我想你
眼睛停留在感官倾斜

不能言语

就这样
把你写进五脏六肺的雨丝

低低地
淹
没

才能走过
体无完肤的自己

夜醉咖啡

我喜欢
浸泡在你的眼睛里

来回
咿呀

心律不整的
雷阵雨

生死不须诺言

你的背影
也是黏腻

不妨碍
我春日忧伤

整天心跳加速

通往地狱

在怎堪计算里
倒数计时

亲爱的，请记住
不能睡太多

我不容许
你梦中弹奏濒临绝望的竖琴

日日夜夜急速奔驰
不该旅行的旅行

请你看着我
我是活的活跳跳的

在有生的日子里
努力活下去

像一只萤火虫盘旋
发光发热

你也一定
一定

除此之外

你累了
有点心不在焉

二尖瓣脱垂地方
跳动更新的密码

时间成为神秘占卜室

打开
灯

把爱
分解出来

他拉着我的手

路过鸟儿
停下贪恋脚步

呼吸木棉、电线
和捷运轨道急速磨擦声响

除了约会
除了幸福死去
除了争吵

我们像时间的尘埃
那样匆促飘流

风在激情中暴走
雨在心窝里滚烫

你是我
稀松平常不可称量的
君王

那黑，我曾探访过

背对背时候
神性特别拥挤

我偏爱
斑驳的告白

在所有距离
都已远离

没有音乐
只有风声

偶尔呼吸跳动
影子闪过那么一会儿

诙谐的诗

狂喜之后
大悲低呜

她假装心不在焉
实际声音沙哑

闪避
下坠的夜

完全看不见
什么也不知道

罪恶滋生
却感到合唱般欢乐无穷

草莓月亮之夜

偷梦的人
床上煎鱼四个小时

挖掘冰箱
准备明天菜色五次

肥胖臃肿黑眼圈
有纷乱节拍

震耳欲聋风扇
来回甩动裙摆

谁吃了草莓数颗

琥珀色的时间

那么
就黄昏了

你的汗水
是我眼底闪烁火苗
不断蹿升的

星空

小心仰望
不惊动一草一木

列岛拾零（10首）

方群

马祖

[马]
如此奔腾，却是
一匹
岛的形象

[祖]
先辈来的地方
有山有田有风有水
还有缠绵的
情

鱼面

[鱼]
灵动的姿势
穿透
舌尖起伏的饕餮

[面]
满足饥饿的线条
翻搅生命
韧性的绵延

航报

[航]
在岛屿间穿梭
弥补讯息断裂的
心频

[报]
以铅印凝固
认真陈述
复写历史的掌故

钢盔

[钢]
据说可以抵挡一切
——除了尘埃的思念

[盔]
戴不稳的帽子
招摇一个
轮廓的戏子

宵禁

[宵]
离天亮还有多远？
那一抹 光
我始终相信

[禁]
不能逾越，那些

桎梏残存的疆域
封锁着记忆

行军

[行]
任何一条路都可以
走
自己的方向，夹杂
众人的目光

[军]
用阶级排序，有关
人的尊严
智能的价格

雷达

[雷]
响彻云霄的咳嗽
是慨然澄清天下的
回响

[达]
就要到了——
他用手一指
目标就乖乖停在那里

点名

[点]
睥睨着
睡不着的兵籍牌
盘算军靴的重量

[名]
可以唤醒
是倒数计算的
报废粮秣

坑道

[坑]
假装埋了
但我仍然呼吸
　仍然思考……

[道]
果然四通八达
传说的路，仿佛
都有人走过

老酒

[老]
迭起年纪，也就
成熟了
温润的
醇

[酒]
发酵之后
昔日的滋味
是熟稔的陌生

火车快飞（4首）

黄冈

火车快飞

火车快飞、火车快飞
飞过花东纵谷
越过兰阳平原
带一片卓溪的云瀑
腾云驾雾地飞起来

火车快飞、火车快飞
飞过和平小城
眼窝深邃的旅人客居家乡
载我来到山的背面
爪痕累累、新断的岩石惨白
一只巨大的爪耙子正耙过

穿过山洞，喀噔、喀噔——
轮轴交滞沉重地撞击台湾的心脏
载着大理石和未成形的堂皇巨厦
奔向"幸福"，"台湾"经济起飞
天下寒士俱得欢颜了吗？

越过小溪、越过小溪
传说中流金满载的得其黎
不见立雾溪水天上来，但见裸石尘满天
急于丢掉的烦恼也都
随北风扬尘
欲盖弥彰

不知走了几百里
来到一个平原叫都市

那里没有高山，只有观音横躺其间
静静看着时过境迁，物换星移

快到家里、快到家里了吗？
列车载我来到一座华美的高楼门前
水晶灯饰、大理石地板、花岗岩扶壁……
这里就是我的家吗？
怎么眼前矗立着好大一座中央山脉……
你们都没看到吗？
那耸峻是伟岸的奇莱山
迤逦泻下千里的势态
不就是太鲁阁的嵚崎吗？
而另一端秀姑峦的玲珑
正从小天使的尿道里汩汩涌出……

我哑然默数，高楼平地起
70层钢筋水泥、强力耐震
不就是我中央山脉屏障台风的风骨吗？
（最高品质花东水泥，100%大理石花岗岩）
雄康建设，深得您心——）

妈妈看见我早已欢喜得说不出话来
我震惊的泪却从一面屼嵲的清水断崖
扑簌簌地陡落入海中

吟游诗人

一行人打雨中走过
他们面容奕奕
带头老人起了第一个音之后
众人应和答唱，此起彼落

有时
半个音掉下山谷

就让它徐徐坠落
像只花纹斑蝶
会从谷底
冉冉而升

没有目的的一行人
踏着泥巴往前行
没有人漏接老人的歌声
有时或许会慢了半拍
心跳却会澎湃地递上
及至喘气声中
一支歌谣辟出一条山路
劈面而来的
是断谷里自己的歌声

脚步坚定的一行人走入山中
调匀呼吸
用吟唱织成一张细细的网
伸手一把捞住
搁浅空中的单音
再度谱成一支
卖膏药的小曲

有东西自他们的行旅中滚落
越滚越近
越来越大……
啪的一声
一张狗皮药膏贴在找的车窗上
头
突然不晕了

山势渐渐拔高
歌声和雨
溶溶地化了山路
泥巴，藏在后脚跟的缝隙里
双脚起落如耙土犁田

一片山间平台陡然自胸前敞开
部落和稻田
遗落的歌和梦
绵延成一片沙滩
云雾自山脚盘旋而上
每个人的头顶
都长出了一株树

睡前

你的眼睛是一颗珍珠
掉进我苍老的瞳孔里面
我细长的眼是一道峡谷
用五千年的雨水涵养出你的晶亮

昨夜皱褶不及抚平的床单
你翻走奔逃如一颗夜的星子
拖着尾巴的珍珠啊
来不及赴你年轻情人的会

你会像怜悯一个沧桑男人那样怜悯我吗?

如果我的黑能溶化你的骄傲
如果我的深邃能消溶你
疲惫的灵魂
就让我们一起悄悄爬上天台
把暗沉的星星擦亮
把盘桓在瓶口最后一口睡意喝掉
干了的泪水却在睫毛上偷偷生气
我让它像春泥印在我的白色羊毛衣

然而我总不会
像是怜惜一个走失的孩子那样怜惜你

不能将你从迷途的车站带走
就成为你行李中的一只烟斗吧
你戴上贝雷帽而我轻轻呵气
贴着床单听听心跳的声音
我就会帮你
把残存眼角的小小尊严
吻成一只蝴蝶

如果梦中的我们
航行于弯弯的峡谷
雪跟霜进不来的亚热带
我有南岛热热的海浪
你的舌尖窃取堆积在岬岛
大海喷出的
透明的咸
风干了的男人
眼角挂泪

（疲惫而美丽的你睡前
把所有的勇气
和梦
都挂在我的帽架上）

厦门再见
——鼓浪屿乘坐电动车最后一排因此倒退着
回家

从海天堂构出来
日光就短了半截
鸡蛋花在倒退
百香果在倒退
飞檐在倒退

1887年的红砖洋房在倒退

漆白的公馆在倒退
一位女家庭教师走了出来
(他的唇间有一首儿歌在轻扬)

儿歌在倒退
童年在倒退
卖水果的阿婶笑容僵在她的时代里
担着海鳖子阿伯的闽南语散落在风中
一粒爽快的仄声掉入我的轿子里
"tāng-tànn"(沉啊重)
于是流年暗中偷换

郑成功的江山在倒退
(若他曾经有过的话)
海是他的故乡在倒退
戎克船的鼓浪屿在倒退
拜了堂的新娘在倒退
广厦之门的渡口要唱着歌儿走出去

走出去厦门在倒退
舢舨船在倒退
满篓的海贝在网中互相推挤
把自己推着向礁岩石岸倒退

1661年荷兰人在倒退
落荒而逃的船舱底部
青花瓷在倒退
西拉雅眼中的怒火在倒退
前进的箭镞其实
也在倒退

退出大山黄河的视野
人儿们把闽南语系成了罟
嗨呦嗨呦地牵上岸
牵上了爷孙叔姨
牵上了妈祖

妈祖牵上了蒋介石
蒋介石的军靴在倒退
1947年金门厦门都关上了门
菜刀唰唰在倒退
钢炮隆隆在倒退
干部疗养院的门禁老李
不拉胡琴了
独独守着一扇门
对着任何夜归的人啐一口浓痰
那是他前进的方式

1976年我一屁股坐上淋浴间
老干部屁股曾坐过的橘色便椅
忽然我明白了什么
把一个仄音轻轻捎给门口卖海鳖子的老头
递给老李一把马尾弓
历史又咿咿呀呀地拉迤了起来

巷口算命仙以第三指节掐住了流年
时间倒退回2016
如今那张出城的辇轿
化作水蓝色电动车
吆喝着穿越大街小巷
百香果台湾莲雾释迦
以及释迦牟尼佛的象牙海岸
都在冲着我笑

出城转角处漆白色的海天堂构
女家庭教师走了出来
白色蓬蓬裙里曾擎起一只老爷的手杖
我为她唱起一曲望春风

从现在开始
我们向着渡口前进
找一只空空的小船
悠悠地向着台湾前进

渡一条情非得已海峡
牵着妈祖一起走

窗外有河流过（7首）

颜艾琳

晨光

昨夜有梦，
自眼眶逃脱。
一个情思凝成露水
草尖上，
一颗颗的地球
今晨诞生。

午

除非那人出现，
才能将艳阳

自我体内唤出。

夕照

河边，左岸
适合白鹭鸶、夜鹭
适合我，发呆。
一切都渐渐地慢下来……
直到有人将夕阳
两，枚，
放入我眼眶。

高铁往南

过了新竹，
山脉高壮了
溪河于眼下蜿蜒扭腰
列车穿过绿色的山谷，
我的眼睛有别的太阳闪着光。
比我早到站的旅客
在月台上变成企鹅，
左右手提着大包小包
正腼腆地要走回家。

到彰化，树荫遮盖了果实，
云林的玉米抽穗，
隔壁座牙牙说话的小女孩
喊着"牛牛，牛牛"
但我转头
只见两只挖土的挂手，
无声地啃着土地；
我承认，那一刻风景
让我有了感动的表情。

到了嘉义站，
甘蔗微微鞠躬，
迎接上阿里山的旅客，
借着风声翻译"欢迎光临"。
我嘴角的笑意
一路抵达台南
那是乡愁的起点
我的终点。

私奔南方

南方的风景

丝毫不会害羞，
这些云那些云
都喜欢魔术表演，
一下子一下子
把你的眼睛塞进缝隙，
再让一群鸟把你拉回来
在我身边。

你说这是我们私奔的终点
稻禾准备铺一张金黄的床，
土地跟气候温暖，
适合种稻种菠萝，
酿制爱情跟葡萄酒。
南方的风景
有我们等待的一个家，
养鸡养鸭养猪养小孩
种树种花种芒果种番石榴
（还要种地瓜芋头甘蔗桑葚柚子椰子
芦笋青江白菜细葱蒜头芫荽薄荷
九层塔木瓜芭蕉火龙果……）
南方让人容易满足，
幸福的人都在南方。

窗外有河流过

一条河搁悬于窗外，
月光是它的水文，
记忆是它的去向。
那些浮出的悲欢，
在有情人的沉默与包容，
隐隐没入心中的出海口。

仿佛消失了。
记忆抵达了生命的远方，

那么
窗外还剩下什么？

应当还有一个人
安静地陪你在阳台吧，
于是窗内就化为渡口，
让你靠岸
让他靠岸
以及恩怨、伤痛、爱或不爱，
在这样的夜晚。

一座阳台
月亮在天俯瞰着你或你们
河　复又流动，
渡口过了一个　再一个。
也许等哪天，
你或你们的时光不再于此，
那月光与记忆的温度
也会随着月河
在你们留驻的每一处
灌溉出新的故事。

安那其式的涂鸦喷漆，
青少年发泄的色情文字……
那些粗俗、原始、不安、
丧德的青春交媾着
失控的暴力
通通躲在风景的边缘。

我从家门出走，并
越过风景
连着未知的
风景……
越过安全的道路，
直到我发现
一处温暖的黑暗。

啊，
角落多么安全，
我走进它里面。
原来
一半
是你。

越过

阳明山越过了台北市，
将它的侧脸投影在淡水河。
左岸的风景，一半
在对岸，

这全部的山水是美丽的。
如果我忽略
堤防上被烟炮烧灼出的刺青、
被恶意掷破的各式酒瓶，
饱足后遗下的烤肉具，

［波兰］赫伯特诗选

蔡天新 译

齐别根纽·赫伯特（Zbigniew Herbert，1924-1998）是波兰诗人、随笔作家、剧作家，出生于加利西亚的首府利沃夫，并在那里长大，二战结束后这一历史地理区划归苏联（今乌克兰）。他身上流淌着英国血统，是17世纪威尔士出生的英国诗人、演说家乔治·赫伯特的远亲。他的家族从维也纳迁来加利西亚，他的父亲在一战期间是波兰军队的士兵，参加过利沃夫保卫战，后来做过律师和银行经理。二战期间利沃夫被德国占领，他的学业被迫中断，做过饲养员、售货员等，也参加过抵抗组织。

1944年，赫伯特随家人迁往波兰文化名城克拉科夫。次年苏联红军到达利沃夫，他的故乡划归乌克兰加盟共和国，从此他与故土分离，变成一个无根的人，这也成为他写作的动因之一。他在克拉科夫读了三年经济学后（同时也在美术学院听课），又随家人迁居北部的索波特。那座波罗的海滨海城市是著名的旅游胜地，位于格但斯克和格丁尼亚之间，他做过银行职员和杂志编辑，加入过波兰作家协会，在那里认识了女友。同时，他在两百公里外的托伦大学攻读法律专业并取得硕士学位。

那以后，赫伯特来到首都，入华沙大学攻读哲学。虽然他的诗作很早就在杂志上发表，但第一本诗集《光的和弦》直到斯大林去世后的1956年才出版。继而他推出了好几部重要诗集《赫尔墨斯，狗和星星》(1957)，《客体的研究》(1961)，《我思先生》(1974)。他成为战后最负盛名、被西方译介最多的波兰诗人之一，同时频频获奖，包括以色列的耶路撒冷文学奖(1991)。诗人因此获得许多游历机会，先后到访法国、英国、意大利、德国、比利时、荷兰、奥地利、美国、希腊等，有时一住就是数年，并在巴黎结了婚。

《我思先生》使得赫伯特在国外名声大振，这部作品得名于笛卡尔的哲学命题，以一种讽喻的眼光打量那位"我思先生"的日常生活，这家伙与艾略特笔下的厌世者普鲁弗洛克颇为接近。在美国甚至有一个"我思先生俱乐部"，而波兰的"我思·赫伯特"先生则不怎么走运。在1989年"天鹅绒革命"以前，波兰社会不定期的宽松和紧缩，每每使他陷入"抽屉写作状态"。有时很长一段时间，他的新作不能出版，已出版的诗集不能上架，他的剧本更不能上演或重演。

视野的拓宽也赋予赫伯特新的写作动力，他出版了一本讨论意大利和法国文化历史的游后感《花园里的野蛮人》（1962），还有一本有关荷兰文化遗产的随笔集《生活仍然带着马辔》（1991）。赫伯特也是一位艺术史论者，他还经常发表政治见解，曾致函美国总统乔治·布什等政要，甚至公开批评另一位波兰诗人、诺贝尔奖得主米沃什，后者高度评价了他的诗歌，招来了许多非议。生命的最后一年，赫伯特是在病床上与哮喘病抗争，同时坚持写作。他去世后，波兰总统授予其"白鹰勋章"。

赫伯特的诗歌具有深广的文化和历史视野，风格多变，属于那种在不同时期用不同风格写作的诗人。他在诗中经常用到神话、中世纪英雄和艺术品等元素，吸引了批评家。但这不意味着遥远或事物的闭合，个性和事件的复活可以帮助读者理解历史的同时也理解现实。在他眼里，过去是现在的一个度量，历史是最容易观察的存在物。因此我们可以说，赫伯特是历史的漫游者。通过造访不同的时代，他与不同的人交谈，荷马、伯利克里、苏格拉底、塞内加、笛卡尔、斯宾诺莎、康德等。

家[1]

家是一年四季不分的
家是孩子们的宠物和苹果
是一片方正的空间
在一颗茫然的星星下面

家是童年的望远镜
是情感的皮肤
家是姐姐的一个脸颊
是树木的一根枝桠[2]

家是一束吞噬脸颊的火焰

家是一颗折断枝桠的子弹
一首无家可归为步兵的歌
在鸟巢撒落的尘埃之上

家是童年的立方体
家是激情的熄灭

是姐姐燃烧的翅翼
是枯树的一片叶子[3]

1.这首诗收入作者的处女诗集《光的和弦》
（1956），出版时诗人已经32岁。

2.脸颊也好，枝桠也好，都十分脆弱，这在下节开头得到验证。

3.最后两句回到上面的主题，表面诗人对生活的态度，失望但没有绝望。

敲击者[1]

有些人的脑袋上
长着一个花园[2]
头发里有小径通向
那白色、遍地阳光的城市

写作对他们是容易的
只要一闭上眼睛
成群的鱼儿便立刻
从他们的前额流淌下来[3]

我的想象
是一片木板
我唯一的乐器
是一根木棒

我敲击那木板
它回答我
是——是
否——否

其他人听见了绿树的钟声
蓝色水波的钟声
我有一个敲击者[4]
来自于不设防的花园

我锤击那木板
它提示我
用道德家枯燥的诗句
是——是
否——否

1.这首诗和后面那首《声音》选自诗人的第二部诗集《赫尔墨斯，狗与星星》（1957）。赫尔墨斯是希腊主神宙斯之子，本意为农村用来表示边界的一堆石头，是梦神、雄辩之神，也是音乐和旅行者的保护神。

2.给了一个假设以后，接下来就依次展开想象力，这一手法可以表现一种逻辑和理性之美。

3.这一节充分表现了诗歌的魅力和作为诗人的幸福感。同时，也与下面所说的道德家的枯燥形成强烈的对比和反差。

4.此敲击者是一个回声，似乎也预示着对灵魂的一种拷问。这种拷问对不同的人来说，意义是不同的。

声音[1]

我走在海滩上
寻觅一种声音
在一个波浪与
另一个波浪的间歇

却什么都没有听见
除了水的古老絮语
没有别的唯有咸涩
还有一只白鸟的翅翼
晾晒在一块石头上

我走向了森林
那儿有个巨大的沙漏[2]
持续不断地哼鸣
把叶子拖入腐土
或把腐土放进叶片
昆虫有力的下巴
吞噬了大地的沉默

我走进了田野
大片的绿色和黄色
被小生物们的腿脚粘紧
在每一阵风吹来时歌唱

那声音在哪儿
它应该清脆嘹亮
假如大地无休止的独白
出现片刻的停顿
可是，除了私语啥也没有
轻轻的拍击声骤然递增

我返回家中
经验告诉我
有两种可能性
要么世界是个哑巴
要么我是个聋子[3]

但是或许
我们会注定双双
陷于自己的苦恼
因此我们必须
肩并肩
继续无目的地
走过收紧的喉咙
从那里传来
一种含混不清的声响[4]

1.在很长一段时间里，东欧与中国曾有过相似性。不过从这首诗看来，同时代的两地诗人思考的方式有别，或许因为波兰有过肖邦。

2.沙漏记录的只是时间，诗人寻找的却是时间发出的声音。

3.这两句是本诗的精粹，是那个年代的回

声，令人想起顾城的《一代人》。

4."收紧的喉咙"和"含混不清的声响"都是那个年代的特征。

去往克拉科夫的旅行[1]

当火车终于出发前行
瘦黑的活字也开始排列
他跟那个男孩聊起了天
——他的膝盖上有一本书

——嗨，你喜欢看书吗？

——是的，我喜欢。他回答
那样可以消磨时光
在家要干的事儿太多
这里不会有人打扰

——没错，你说得对极了
你读的是什么书呢？

——《农民》[2]。男孩回答
非常贴近生活
只是有一点点长
不过适合冬天看

我还读过《婚礼》[3]
那实际上是一出剧本
很难看得下去
里面的人物太多

《洪流》[4]又不太一样
看时感觉亲身经历过
不骗你——写得真棒
简直像部好看的电影

《哈姆莱特》——老外作家写的
也很是有趣
只是那个丹麦王子
有那么一点儿柔弱

隧道到了
火车进入了黑暗
谈话突然中断
权威的评论结束了

在书页的空白处
手指印和纸张
被粗糙的拇指甲划过
欣喜且没收[5]

1.克拉科夫是波兰文化名城。赫伯特20岁那
年，随家人从利沃夫迁往该城。不过写这首
诗时，他已经33岁了。或许他从男孩身上，
忆起当年的自己。

2.《农民》是波兰作家斯坦尼斯瓦夫·莱蒙
特（1867-1925）的四卷本小说，描述了一年
四季的农村生活，几乎全用农民语言写成，
他因此获得1924年诺贝尔文学奖。

3.《婚礼》（1901），波兰剧作家、画家、
诗人斯坦尼斯瓦夫·维辛斯基（1869-1907）
的象征主义戏剧。克拉科夫是他的出生地和
逝世地。

4.《洪流》（1886），波兰作家、1905年诺
贝尔文学奖得主显克微支（1846-1916）的作
品，是描写17世纪波兰的历史三部曲之一，
有着史诗般的明晰和简朴。

5.从男孩的角度，欣喜是因为遇到倾听他发
表意见的大人。从作者的角度，欣喜是因为
记忆转化为诗歌，即被没收了。

关于我思先生的两条腿[1]

这条左腿是正常的
可以乐观地说
在腿的内侧
露出一点稚气
有形的肌肉
小腿强健

这条右腿
上帝该怜悯了——
皮包骨瘦
有两块疤痕
一个在阿基里斯腱[2]
另一个椭圆形
是浅桃红色的
一次不光彩的逃亡的纪念

这条左腿
可以跳跃
比如芭蕾
过分热爱生活
参与各种冒险

这条右腿
有着高贵的僵硬
冒被嘲笑的危险

总而言之
这两条腿
左边的堪比桑丘
右边的
被漫游的骑士召唤[3]
我思先生
将要出发
步履蹒跚地

穿越这个世界[4]

1.我思先生，显然是从法国哲学家笛卡尔的哲学命题"我思故我在"那里获得的灵感，这一形象贯穿了《我思先生》整部诗集。
2.阿基里斯腱，人体最大的腱，位于脚踝后侧。
3.西班牙作家塞万提斯笔下的堂·吉诃德和其仆人桑丘的故事家喻户晓，尤其在波兰这样的国度。
4.两条腿实为两颗心灵，这是人心的矛盾，也是人格的分裂，那个特定的年份和社会环境下特有的分裂。

蓝色反应与另一种汉诗

——有关新诗与外国诗歌译介的几点思考之『虚拟论文』的『引文』

沈奇

释题

本文的题目，正题有点"虚"，且"贸然"，而副题又有点"绕"，且"矫情"，故先得做点解释。

我不通外语，更不懂外国诗歌翻译，但反思百年新诗，翻译诗歌这一块，是绕不开去的重要话题——那样的一片"深蓝"，与汉语诗歌原本的"金黄"，邂逅、交集、反应、融合，方构成百年汉语新诗绿意葱茏之广原——由此"诗意运思"，便冒出一个"蓝色反应与另一种汉诗"的论文思路，且在汉语的"编程"意识里，直悟到这是一个很有意思的命题。可不通外语也不懂翻译的自己，又实在无法去展开这一论题，便想到或可提供给这一行的专家学者做个参考，自己能做的，只是在论文的外围，谈些有关这一命题的想法而已。

是以称之为"虚拟论文"的"引文"——这里的"引文"之"引"，是引导的引，而非引用的引。

蓝色反应之一：从一首翻译诗说起

作为二十世纪五十年代出生的诗歌爱好者，大概不必做详细的数理统计，也可以推算得到，大体来说，都是先爱好汉语古典诗歌，然后或早或迟，转而爱好外国翻译诗歌的。

其实何止是爱好，至少在笔者个人这里，这爱好很快便转化为依靠，并"升华"为一种理想抑或归宿般的存在。这里的关键在于，我们在青春岁月中遭遇的荒寒和苦难，是在现代汉语语境下生成并带给我们的，我们无法再在古典汉语语境中生成的汉语古典诗歌里，找到可对应的思想释解和精神慰藉。而一旦转过身去，进入外国翻译诗歌的"话语场域"里，马上有一种无名的亲近与共鸣，有如弃儿幸遇养父，更有如暗夜的漂泊者，一时得以幸遇，落脚于异样而又亲切的"他乡"之客栈。

还是具体从一首汉译普希金的诗《我多么羡慕你》说起吧——

> 我多么羡慕你，大海的勇敢的舟子，
> 你在帆影下、在风涛里，直到年老。
> 已经花白了头，或许，你早已想到
> 平静的海湾，享受一刻安恬的慰藉，
> 然而，那诱人的波涛又在把你喊叫……
>
> 伸过手来吧——我们有同样的渴望。
> 让我们一起，离开这颓旧的欧罗巴的海岸，
> 去漫游于遥远的天空、遥远的地方。
> 我早已在地面住厌了，渴求另一种自然
> 让我跨进你的领域吧——自由的海洋！

四十多年前读到的这首诗，至今可以像年少时背下来的唐诗宋词一样，随时随口而出随手写来，连此刻电脑上撰写此文，也是直接记忆打出，可见印象之深刻。只是一时想不起翻译家的大名了。

还得从头说起。

1971年春天，二十岁的我终于告别知青生活，招工到陕西汉中地区钢铁厂当高炉炼铁工，成了光荣的"工人阶级"一员。没高兴几天就发现，实在只是由"水深"转为"火热"：不到九十斤重的小身板，要干重体力活，长期神经衰弱，却要上早中晚三班倒的班，工友和家里父母都担心我熬不下去。其实吃苦再多都能扛住，下乡三年比这苦的日子都过来了，毕竟青春年少，关键是精神苦闷。时值"文革"后期，个人前途和国家前途都一片渺茫，更看不到情感的归宿在哪里。再就是没书看。手中私下保存的两本书，一本《古代散文选》上册，一本龙榆生的《唐宋名家词选》，都读过好几遍了，还抄写了不少，并试着写了一些旧体诗词，算是最早的诗歌写作练习。但毕竟是现代汉语造就下的青年人，老读古书写旧体诗，总觉着，还是与当下的生命体验和生存体验隔了一层。

记得是1973年初春，在一位知青工友那里，看到一本破旧不堪的《普希金抒情诗集》，

连封面都没有，说半天好话，答应借我看三天，因他也是借外厂朋友的。拿回宿舍细读之下，简直就是久旱逢甘霖的那种感觉，兴奋得像终于见着了梦中情人一样。

匆匆一遍翻完，看还有时间，便找了一个本子狂抄起来：《致大海》《致恰尔达耶夫》《假如生活欺骗了你》《给娜塔莎》《致凯恩》《我多么羡慕你》……三天后还了书，整个人却久久沉浸在普希金的诗歌中，被淹没，又被高举——这位被誉为"俄国文学之父""俄罗斯诗歌的太阳"，"一切开端的开端"的普希金，在一个苦闷于暗夜中的中国青年心里，真的成了精神之父和灵魂的太阳，并成为我日后诗歌写作和诗歌评论的"一切开端的开端"。

自从有了那半本子手抄的普希金的诗，此后的钢厂单身生活中，再没有那么孤寒了，心中像揣着一团野火似的，燃烧着初生的诗性生命意识。现实生活中遇到什么揪心的事，或情绪低落时，便独自跑到离工厂不远的一条小河边，大声背诵普希金的诗，过后心情就好许多。有时也会更伤感，如背诵到这首《我多么羡慕你》一诗的最后几行，常常会泪流满面，不过过后却又有一种被洗礼后的坚强和自信，复生于困顿的岁月年华。

普希金之后，接下来，是莱蒙托夫，是涅克拉索夫，是泰戈尔，是海涅，是聂鲁达，是惠特曼……是"文革"结束后随之而来的八十年代之新潮澎湃中，一连串的外国大诗人嘹亮的名字和他们的经典作品——从一个驿站到下一个驿站，从一种温暖到全身心的燃烧——在那个年代，作为一个后来的现代汉语诗人，整个精神生命的成长与上升，乃至整个肉体生命的安顿与舒张，决然而然，是久久依靠翻译诗歌的存在而存在的。不可想象，若果没有这样的"驿站"的存在，没有这样的"精神之父"和"灵魂的太阳"的存在，我和我的"族类"们，将如何度过那些深寒之境，又如何开端于我们诗性生命历程的开端？！

"前不见古人/后不见来者"，荒寒岁月，无依无靠的精神漂泊中，反认他乡做故乡，我，以及无数现代汉语诗人们，认领了一位一旦认领就再也难以割舍的"养父"。

这位"养父"甚至还兼有"教父"的"职能"，从而在精神和思想的双重意义上，拯救了我们。与此同时，也抛给我们一笔必须接受的"遗产"：以现代汉语翻译的外国诗歌，不但直接"定义"了汉语新诗的基本"位格"，同时还将自身演化为一直存在于新诗发展中的"另一种汉诗"——因而，作为百年中国新诗发展之主流走向所生成的各种文本，大体而言，就只能是"另一种汉诗"的模仿性创新或创新性模仿的"子文本"。

问题由此而生：被拯救而新生之后的现代汉语诗人、之人本与文本，如何重新确认自我拯救之途，并重新找回我们的"生父"？

蓝色反应之二：从两句及一首汉语诗说起

上述"蓝色反应之一"二十余年后，1994年的深秋，我在北京大学中文系访学中，读到青年女诗人沙光自印诗集中的两句诗——

在这块土地上

我找不到自己的家

祖国啊，我要为你生一个父亲！

　　沙光这两句诗来自哪一首原作，以及原意所指为何，如今已经记忆模糊，但当时的震撼，以及过后久久共鸣回荡的情状，却一直念念耿耿在心。如今重新溯解此种情结，一下子就联想到，当我，以及可能的同道们终于觉悟到，要反身寻找我们的"汉语生父"的时候，我们找到的将会是怎样的结局？
　　沙光的诗提醒了我——恐怕不是找回，而是要重新"生一个父亲"！
　　再二十余年后，步入生命黄昏之境的我，写下了这样一首诗——

父爱的手
千年虚着

千年的纠结啊——
非易
是难
子不是子
父不是父
佛陀不是佛陀

……夏日，在麦积山
一滴泪，一滴
非儒非释非道非基督的
泪，从汉语的眼角滴落！

　　这首题为《佛子》的诗，源自2016年初夏，在甘肃麦积山，参观一组石窟雕塑时所得。雕像寄寓的"本事"，是说释迦牟尼出家为佛祖后，一次讲经说法途中，远远看见自己的亲生儿子也来朝圣，儿子也远远认出了自己的亲生父亲，佛祖不由得上前伸出手来，想亲近抚摸儿子，但伸出去的手终于还是停在了儿子的头顶上方，不能落下。那个在心里眼里认出自己父亲的儿子，也终于隐忍地蹙眉颔首、眼含泪花不敢相认……
　　——经典的艺术，经典的隐喻，加之年轻的讲解员动情的解说，度过深寒之境而早已不再轻易伤感的我，由不得"独怆然而涕下"。
　　是啊，我们从哪里以及如何，才能重新认领我们的"汉语生父"？！
　　在这块古老的土地上，我们从来不缺少生我养我疼我护我的绵绵母爱，但父爱的手，总是"千年虚着"——我们由此逃不出我们的奴性；我们由此说不出我们的苦难。我们由此以

"养父"的精神为我们的精神底的背；我们由此以"教父"的思想为我们思想的源泉——两相"半生不熟"，两相纠结彷徨，到了，我们只能借移植于"养父"的精神、"养父"的思想以及"养父"的语感语态语式，来喊出那句"时代的最强音"：祖国啊，我要为你生一个父亲！

何为"另一种汉诗"？

回到诗歌上来说话。

百年之新之现代化，汉语诗人成了古典汉语和现代汉语两种汉语的"准继承人"，也由此有了两种走向的汉语诗歌，一曰"旧体诗"，一曰"新诗"。旧体诗写作者直接从"汉语生父"那继承传统皮毛而亦步亦趋，大都成为其描红与仿写者。新诗写作者则主要依赖于"养父"的"调教"不断求新求变，而耽溺于创新性模仿或模仿性创新。诚然，两种诗歌写作者，都总想走出这种尴尬处境，但又总是难以独自"成家"以及"立业"。

这里只说新诗一路。

新诗百年，其实无须时时提醒或强调，大家都明白，是个由"养父"教养大的"宁馨儿"；没有外国翻译诗歌的"洋奶粉"强筋壮骨，这个"宁馨儿"可能早已夭折。汉语中国，从来就讲"养恩"重于"生恩"，这个"谱"，是早晚不可疏忘的。

但问题是，即或如我等不懂翻译的诗爱者，也知道那句名言：诗歌是翻译中丢失了的那些部分。

同时，我们也了解两个常识：其一，所有的文学翻译，尤其是诗歌翻译，最后最终见出高低的，不是你外语的水准如何，而是你母语的水准如何。从结果来说，翻译既有可能减弱母语原本的感知与表意功能，也有可能增加母语的感知与表意功能，关键在于，你若根本不解或弱于母语的精粹所在，又何来经由翻译而为母语增华加富？

其二，外国诗歌的翻译，至少就这一百年而言，很难用古典汉语去"操作"，译了也不受"待见"，而只能用现代汉语来译。这其中的内在逻辑，在于现代汉语是我们引进西方的现代文法、语法、句法改造后的汉语，只有这种"现代化"了的汉语，才能与外国诗歌有一定的语感亲和性，作为翻译，也就会有更多些的还原性。

而问题又来了——其一，你操持的母语原来并不是"你"原本的母语；其二，你翻译的外国诗原来也不是"他"原本的外国诗。

反过来的逻辑推理即是：只要我们还在完全信任和依赖现代汉语的"编程"，我们就走不出听由"养父"主导的阴影。亦即，我们的新诗写作，极而言之，大体只能是翻译诗歌之"另一种汉诗"的模仿性创新或创新性模仿的"子文本"，而很难完全真确地写出汉语诗性的"你自己"。

同理，至此境地，我们也无法再完全返回古典汉语的"编程"中去——那样的"生父"，早已成为一种过往并不免隔膜的记忆，而非当下的真切存在，乃至要重新了解他，还得像翻译外国诗歌一样去翻译他。而那些在今天依然乐于描红与仿写的旧体诗写作者，也只是起到了一个反证的作用：此路也非生路。

最终的尴尬在于：两个"父亲"都在场，却又不知如何来两相认领？

尽管，经由百年来的急剧现代化，来自外国的"养父"教会了我们熟练操持起另一套汉语，并在不断增殖衍生的"与时俱进"中，丰富活跃其感知与表意功能，但这个"现代汉语"的"编程"之"基本因子"，说到底还是汉字——这就麻烦大了！因为这个"汉字"实在是一个极其特殊的"因子"，你只要还用它做话语"编程"，就迟早会陷入它"成字"之初，对世界的感知和表意的特殊"魔法"里去，陷入它那种"惚兮恍兮其中有道"的感知与表意之"魅惑"中去——尤其是有关文学及艺术的感知与表意。

由此，我现在才反向度理解到，"五四"那一代学人，何以连鲁迅在内，都极端到要废除汉字。因为这个我们生来遭遇的"语言生父"，实在是太"基因"，太"自主"，也太"顽固"了——任你怎么折腾，怎样"与时俱进""走向世界""与世界接轨"等等，只要你还使用汉字来"编程"，你最终都得重新认回你的生父之所在——尽管，这个生父的父爱，如我那首《佛子》诗中所痛感到的，几千年来，都不是那么令人亲近，甚至薄情寡义而近乎"虚着"——到了我们，至少是作为汉语诗人的我们，都会纠结于此：热爱汉语是一种痛苦，不热爱汉语，更是双重的痛苦！

这个悖论，可谓百年中国，包括诗歌在内，一切文学艺术乃至文化问题的根本悖论。这一根本问题想明白了，其他一切都好说。

具体到新诗来说，我们最终还是得找到我们自己的思想之痛苦与精神之彷徨的言说方式，而这种言说方式，又如何能总是以外国翻译诗歌的"编程"来取得？

至此，结论似乎只有一个：我们必须为自己重新"生一个父亲"？！

尾语：可能的"题旨备份"

汉语是汉语诗人存在的前提；
汉语是汉语诗人存在的意义。

百年革故鼎新，仅就文学艺术而言，世界已然成为我们挥之不去且深度作用于我们的一部分，或许还是主要的部分，而我们至少在过去的一百年里，却并没有能够成为世界挥之不去且深度作用于世界的一部分。

显而易见的是，我们在器物层面已基本上失去了汉语中国的存在，如果在语言层面再"本根剥丧"（鲁迅语），那可真是连"彷徨"也"无地"的了。

故，在"后现代汉语"语境下，作为代替着"宗教作用"（林语堂语）的汉语诗歌，重提"汉语诗性""汉语气质"，以及由此引申的汉语新诗的诸"形式问题"，不但必要，而且正当其时——

汉译英（以及其他拉丁语系的外国诗歌），丢失的可能是声音和语境的那些部分；

英（以及其他拉丁语系的）译汉，丢掉的，则必然是由神秘而伟大的汉字编码，所生成的"文"亦即文心、文脉、文字、文采的那些部分。而这一部分的丢失，实际上，几乎等于全部的丢失。

那么，由现代之"英"以及其他拉丁语系改造后的"现代汉语"以及"现代汉诗"，到底丢失了什么呢？

——或许，这是"重新生一个父亲"的可能有效的思路之入口。

2016年10月31日改定于西安大雁塔印若居

百年新诗的历史意义

李少君

2017年是中国新诗诞生一百周年，这个时间确定，是从1917年胡适在上海出版的《新青年》杂志开始发表新诗算起。因此，2016年的上海书展，借机设立了首届上海国际诗歌节，同时就中国新诗百年举办了"世界诗歌论坛"。而此前，全国各地也已陆续举办过各种纪念新诗诞生百年的研讨会、论坛及诗歌活动。"百年新诗"无可争议地成为2016年最火的热词之一。

百年新诗，客观地说，已取得了相当大的成就，但也意见纷纭。早在1930年代，新诗诞生十五年之际，新文学革命的领袖人物鲁迅就对当时新诗表示失望，认为中国现代诗歌并不成功，研究中国现代诗人，纯系浪费时间，甚至有些尖锐地说："唯提笔不能成文者，便作了诗人。"而鲁迅在留日时期写过《摩罗诗力说》，对诗曾寄予很高的期许："盖诗人者，撄人心者也。"新世纪初，季羡林先生在《季羡林生命沉思录》一书中，也认为新诗是一个失败，说朦胧诗是"英雄欺人，以艰深文浅陋"。甚至以写新诗而著名的流沙河，也认为新诗是一场失败的实验。当然，声称新诗已取得辉煌的也不在少数，有人甚至认为中国当代诗歌已走在同时期世界诗歌前列。

我个人对此抱着相对客观超脱的态度，首先，这是一个与中国现代性息息相关的问题，可以说新诗的问题本身就是事关中国现代性的问题，中国现代性所有的问题，中国新诗也有。其次，对于新诗发生和意义的判断，应该要放到一个长的历史背景下来看待新诗的成败得失。我一直认为冯友兰先生的一段著名的话，特别适合用来讨论诗歌与中国文化的关系及理解新诗与旧诗，那就是他在《西南联大纪念碑文》中说的："我国家以世界之古国，居东亚之天府，本应绍汉唐之遗烈，作并世之先进，将来建国完成，必于世界历史居独特之地位。盖并世列强，虽新而不古；希腊罗马，有古而无今。惟我国家，亘古亘今，亦新亦旧，斯所谓'周虽旧邦，其命维新'者也！"这段话的意思是说，无论是从国家的层面上讲还是从文化的意义上衡量，居于现代层面的"中国"来源于"旧邦"的历史文化积淀，但它自身也存有内在创新的驱动力。不断变革、创新，乃是中国文化的一种天命！这种"亦新亦旧"的特质同样可以应用在我们对"五四"以来新文化新文学、特别是新诗的理解上。新诗的发生，也可以说是中国历史发展必然出现的事件，是一种天命。

讨论这个问题，首先要从诗歌在中国传统文化中的地位谈起。孔子曰："不学诗，无以言。""诗"是"言"的基础，就是说诗歌是中国文化一个基础。诗歌在中国文化中有着特殊的地位，在儒家的经典中，《诗经》总是排在第一。可以说，西方有《圣经》，中国有《诗经》。古代最基本的教育方式是"诗教"，《礼记》记载孔子曰："入其国，其教可知也；其为人也，温柔敦厚，《诗》教也。"其次，"诗教"也可以理解为是一种教养和修养，孔子在《论语》里面夸一个人时经常说："可与言诗也。"最重要的，"诗教"还可以理解为一种宗教。林语堂曾说："吾觉得中国诗在中国代替了宗教的任务。"他认为诗教导了中国人一种人生观，还在规范伦理、教化人心、慰藉人心方面，起到与西方宗教类似的作用。钱穆等也有类似观点。

旧体诗既然是中国传统文化的一个基础和核心，那么，对传统采取全盘激烈否定的态度的"五四"新文化运动，当然要从新诗革命开始。新诗，充当了"五四"新文学革命和新文化运动的急先锋。胡适率先带头创作白话诗，在《文学改良刍议》中倡导文学革命，声称要用"活文学"取代"死文学"；认为只有白话诗才是自由的，可以注入新内容、新思想、新精神。他声称"死文字决不能产生活文学，若要造一种活的文学，必须有活的工具"，开始了以白话诗为主体的"诗体大解放"，打破格律等一切束缚，宣扬"有什么话，说什么话；话怎么说，就怎么说"。因此，新诗也被称为自由诗。陈独秀发表《文学革命论》，称欧洲之先进发达源于不断革命，"自文艺复兴以来，政治界有革命，宗教界亦有革命，伦理道德亦有革命、文学艺术，亦莫不有革命，莫不因革命而新兴而进化。"

这些年，关于"五四"的争论也很多，正面的认为其代表时代进步思潮，值得肯定；负面的认为其彻底否定传统文化开了激进主义思潮，导致伦理丧失、道德崩溃、虚无主义泛滥。关于"五四"，学者张旭东的观点比较公允，他指出在"五四"之前，人们常常把中国经验等同于落后的经验，而将西方经验目之为进步的象征，由此就在中国与西方之间建立了一种对立关系，陷入了"要中国就不现代，要现代就不中国"的两难境地。"五四"将"中西对立"转换为"古今对立"，成功地解决了这一困境，"五四"成为"现代中国"和"古代中国"的分界点，成为中国现代性的源头，从此可以"既中国又现代"。既然古代中国文化的核心和基础是诗歌，所以，"五四"新文学革命和新文化运动以新诗作为突破口是有道理的。

　　学者李泽厚就对新诗新文学予以高度肯定，表达过其相当深刻的理解。他说："五四"白话文和新文学运动是"成功的范例，它是现代世界文明与中国本土文化相冲撞而融合的一次凯旋，是使传统文化心理接受现代化挑战而走向世界的一次胜利。"五四"以来的新文体，特别是直接诉诸情感的新文学，所载负、所输入、所表达的，是现代的新观念、新思想和新生活；但它们同时又是中国式的。它们对人们的影响极大，实际是对深层文化心理所作的一种转换性的创造"。他特别举例现代汉语在输入外来概念时，所采取的意译而非音译方式，很有创造性。文化既接受了传入的事实，又未曾丧失自己，还减少了文化冲突。"既明白如话，又文白相间，传统与现代在这里合为一体。"

　　在这里，尤其要提到一点，以往讨论过于夸大了新诗与旧体诗的巨大断裂，其实，只要新诗还使用汉字，汉字里所有的信息、内容乃至价值意义，就还在传承，就不存在断裂。如果仅仅使用形式的变化就算断裂，那印度这样的国家连文字都完全改变了，但印度还在强调传统和本土意识，我们又该如何理解？

　　不容否认，在"五四"新文化运动中，新诗对新思想新文化变革有着强大的催化乃至推动作用，在郭沫若、冰心、胡适、徐志摩等早期新诗人的诗歌中，自由、民主、平等、爱情及个性解放等现代观念得到了广泛的传播，起到了一定的现代思想的启蒙和普及作用，甚至可以毫不夸张地说具有某种开天辟地的意义。此后，闻一多、何其芳、冯至、卞之琳等开始强调"诗歌自身的建设"，主张新诗不能仅仅是白话，还应该遵照艺术规律，具有艺术之美和个性之美。戴望舒、李金发等则侧重对欧美现代诗艺如象征主义、意象派的模仿学习。抗日战争开始后，艾青、穆旦等在唤醒民众精神的同时继续新诗诗艺的探索。新中国成立后，受苏联及东欧、拉美诗歌的影响，积极昂扬向上的抒情主义一度占据主流，并为新中国奠定思想基础及美学典范。但后来这一方向遇到"文革"阻断。直到1970年代末，诗歌界才又重新开始新诗的现代探索之路。

　　在这里，我重点梳理一下1970年代末算起的当代诗歌四十年。因为，这四十年基本是一个自然自发演进的过程，可以从中窥见诗歌的自由发生进程和艺术变化规律。我个人曾大致把这四十年分为三个阶段：

　　第一个阶段是朦胧诗时期，主要是向外学习的阶段，翻译诗在这一阶段盛行。朦胧诗是"文革"后期出现的一种诗歌新潮，追求个性，寻找自我，呼唤人性的回归和真善美，具有强烈的启蒙精神、批判思想和时代意识，是一种新的诗歌表达方式和美学追求。朦胧诗主要的特点：一是其启蒙精神和批判性，北岛在这方面尤其突出，他对旧有的虚假空洞意识形态表示怀疑，公开喊出"我不相信"，同时，他高扬个人的权利，宣称"在一个没有英雄的年代，我只想做一个人"；二是对人性之美的回归，对日常生活之美的回归，舒婷比较典型，她呼唤真正的深刻平等的爱情、友情，比如《致橡树》等诗。朦胧诗的新的美学追求，也得到了部分评论家的肯定，其中尤以谢冕、孙绍振和徐敬亚为代表，他们称之为"一种新的美学原则的崛起"，为其确定追求人性人情人权的准则，从而为其提供合法性正当性证明。但朦胧诗与翻译诗关系密切。诗歌界有一个相当广泛的共识，即没有翻译就没有新诗，没有灰皮书就没有朦胧诗。已有人考证胡适的第一首白话诗其实是翻译诗。而被公认为朦胧诗起源的灰皮书，是指1960和1970年代只有高干高知可以阅读的、所谓"供内部参考批判"的西方图书，其中一部分是西方现代派小说和诗歌，早期的朦胧诗人们正是通过各种途径接触到这些作品，得到启蒙和启迪，从此开始他们的现代诗歌探索之路。1970年代后期改革开放之后，西方诗歌从古典主义、浪漫主义到现代主义被一股脑翻译过来，从普希金、拜伦、雪莱、泰戈尔、惠特曼、波德莱尔、狄金森、艾略特、奥登、普拉斯、阿赫玛托娃到布罗茨基、米沃什、史蒂文森等等，以西方现代诗歌为摹本的风气更是盛行一时。

朦胧诗本身的命名来自章明的批评文章《令人气闷的"朦胧"》，认为一些青年诗人的诗写得晦涩、不顺畅，情绪灰色，让人看不懂，显得"朦胧"。这一看法，可以从两个方面来分析，一是朦胧诗由于要表达一种新的时代情绪和精神，老一辈可能觉得不好理解，故产生隔膜，看不懂；二则可能因为这种探索因为是新的，这种新的时代的表达方式是此前所未有的，因而必然是不成熟的，再加上要表达新的感受经验，中国传统中缺乏同类资源，只好从翻译诗中去寻找资源，而翻译诗本身因为转化误读等等，就存在不通畅的问题，在这样的情况影响下的诗歌，自然也就有不畅达的问题，故而扭曲变异，所以"朦胧"，让人一时难以理解接受。

朦胧诗试图表达新的时代精神，创造新的现代语言，但因受制于时代受翻译体影响，再加上表达受时代限制导致的曲折艰涩，诗艺上还有所欠缺，未能产生更大影响，后来进入欧美后也受到一些质疑，比如其对所谓"世界文学"的有意识的模仿和追求，及其诗歌表达方式和技巧的简单化。

第二个阶段是文学寻根时期，也是向内寻找传统的阶段，后来更在"国学热"、文化保守主义潮流中日趋加速，朦胧诗和第三代诗人中已有部分诗人开始具有自觉的将传统进行现代性转换的创造意识，这个时期也可以说是一个文学自觉的时期，民族本土性主体性意识开始觉醒。最早具有寻根意识的作品被认为是杨炼的诗歌《诺日朗》等。后来则是小说界将之推向高潮。韩少功发表《文化的根》，莫言、贾平凹、阿城等相继推出《红高粱》《商州》系列和《棋王》等小说。文学寻根思潮的产生，可能受到两股西方思潮的影响，一是拉美的魔幻现实主义，也是"寻根"面目出身，寻找拉丁美洲大陆的独特性和精神气质，代表性作家马尔克斯的《百年孤独》在文学界人手一册；二是欧美本身的反现代化潮流，表现为所谓反现代性的审美现代性，比如在艺术界以梵高、高更为代表的反现代文明、追求原始野性的潮流。此外，进入1990年代以后，大陆文化保守主义思潮兴起，国学热盛行，陈寅恪、王国维等成为新的时代偶像。

这一时期值得注意的是台湾现代诗歌对大陆的影响。台湾现代诗正好已经过向外学习的第一阶段，开始转向自身传统寻找资源，而且刚刚创作出具有一定示范性的代表性作品，比如余光中的《乡愁》、郑愁予的《错误》、洛夫的《金龙禅寺》等。台湾现代主义早期也是以西化为旗帜的，三大刊物《现代诗》《创世纪》《蓝星》等，明确强调要注重"横的移植而非纵的继承"，主张完全抛弃传统。但有意思的是，台湾现代诗人们越往西走，内心越返回传统。他们最终恰恰以回归传统的诗作著名，而且也正是这批诗作，使他们被大陆诗歌界和读者们广泛接受。台湾现代主义诗歌对整个当代诗歌四十年的影响力，有时会被有意无意忽视，但我们不能不承认，在第二阶段，台湾现代诗取得了辉煌的成就，足以和朦胧诗抗衡。

寻根思潮持续性很强。后来也出现许多优秀的作品，比如柏桦的《在清朝》、张枣的《镜中》等等，更年轻的继承者则有陈先发、胡弦等等，其意义还有待进一步挖掘。

第三个阶段出现在二十一世纪诗歌开初，其中最重要的一个背景是互联网及自媒体的出现及迅速普及，还有全球化的加速，促进中西文化与诗歌大交流大融合，激发创造力。我称之为诗歌的"草根性"的时期，这是向下挖掘的阶段，也是接地气和将诗歌基础夯实将视野开阔的阶段。所谓诗歌的"草根性"，我写过一篇文章《天赋诗权，草根发声》，大意是每个人都有写诗的权利，但能否写出诗歌和得到传播还需要一些外在条件，比如要有一定文化水准，也就是说得先接受教育，现在正好是一个教育比较普及的时代。然后，写出来能得到传播，网络正好提供了一个新的传播渠道和平台，博客、微博、微信这样的自媒体对诗歌传播更是推波助澜，这些外在条件具备了，诗歌的民主化进程也就开始了。新的创作机制、传播机制、评判机制、选择机制与传播依赖纸刊、编辑的机制相比，发生了变化。诗歌进入一个相对大众化、社会化也是民主化的时代。当然，一个人是否能成为好诗人还有天赋等问题，诗有别才，但大的趋势基本如此。所以，我将"草根性"定义为一种自由、自发、自然并最终走向自觉的诗歌创作状态。

这个时代的一个标志就是底层草根诗人的崛起，被称为"草根诗人"的有杨键、江非等最早引起注意，而打工诗人郑小琼、谢湘南、许立志等也被归于这一现象，2014年底余秀华的出现，使"草根诗人"成为一个具有广泛社会影响力的现象，达到一个高潮；另一个标志是地方性诗歌的兴盛，中国历史上就有地方文化现象，古代有"北质而南文"的说法，江南文化、楚文化、齐鲁文化、巴蜀文化等使得中国文化呈现活力和多样性。当代地方性诗歌也进入相互竞争、相互吸收、相互融合的阶段。雷平阳、潘维、古马、阿信等被誉为代表性诗人。而少数民族诗人的兴起也可以归入这一现象，如吉狄马加等少数民族诗人，为当代诗歌带入新的诗歌因素，并成功进入主流文学。还有一个现象是女性诗歌的繁荣。这也与网络的出现有一定关系。女诗人几乎人人开博客和微信微博等自媒体。自媒体有点像日记，又像私人档案馆，还像展览发布厅，自己可以做主，适合女性诗人。女诗人们纷纷将自己的照片、诗歌、心得感受、阅读笔记全部公开，并吸引读者。我曾称之为"新红颜写作"现象。其背后的原因则是女性接受教育越来越普遍，知识文化程度提高，导致女诗人大规模涌现，超过历史任何一个时期，释放出空前创造力，并深刻改变当代诗歌的格局，引起广泛关注。而且，女性占人类一半，其创造性的释放，在某种意义上具有人类文明史的意义。

近两年来，在诗歌传播上，微信更起到了推波助澜的作用。微信的朋友圈分享，证明诗可以群。微信适合诗歌阅读和传播，快捷，容量小，并可随时阅读，日渐成为人们日常生活习惯。而另一方面，从网络诗歌开始就有的"口语化"趋势，也使诗歌更容易被读懂和广泛接受。所以，微信不受地域限制，汉语诗歌微信群遍布世界各地，人在海外，心在汉语。其后续影响值得关注。

第三个阶段之后，我觉得开始进入了一个新的阶段，一个向上超越的阶段，这个阶段刚刚开始，在这个阶段，有可能确立新的美学原则，创造新的美学形象，建立现代意义世界。

历史上曾出现过这样的时期，盛唐诗歌就创造了古典美学的典范。李白是自由、浪漫的象征，他背后代表着道教的精神。杜甫是深情、忧患的典型，他的感时忧国是一种儒家传统。王维则是"超脱、超越"的形象，他有佛家及禅宗的关怀。在古典文学中，由于文史哲不分家，诗歌里本身包含哲学观念和历史经验，诗融情理，诗人们集体创造了一个古典的意义世界，为社会提高价值和精神，至今仍是一个美学和意义的源头。

所以，向上，确立新的现代的美学原则，创造新的美学形象，建立现代意义世界，是一个有待完成的目标。现代意义世界，应在天地人神的不断循环之中建立，兼具自然性、人性、神性三位一体，因为，自然乃人存在的家园，这是基础；而对人性、人心、人权的尊重和具备，是必须的现代准则。神性，则代表一种向上的维度，引导人的上升而非坠落。只有在这样一个多维度的融域视野中，高度才是可能的，当代诗歌的高峰也才会出现。

对这一个阶段，我预测：首先，这将是一个融会贯通的阶段，由于我们身处全球化时代，这将是一个古今中西融汇的阶段。其次，应该是众多具有个人独特风格和审美追求的优秀诗人相继涌现的阶段。当然，最关键的，这一阶段还将有集大成的大诗人出现。最终，这一阶段将确立真正的现代美学标准，呈现独特而又典范的现代美学形象，从而建构现代的意义世界，为当代人提供精神价值，安慰人心。

抽象『象』吗？

树才VS李磊

　　树才：李磊兄，我们约好了做一个访谈。上次在上海，我们已经谈了一些。访谈题目也是那次从我脑海里蹦出来的：抽象"象"吗？现在看来，这个访谈只能通过笔谈形式来完成了。我是"提问者"，你呢，就是"回答者"。我漫无边际地设问，你自由自在地应答。一问一答，没有答案。不是没有答案，而是答案都是临时的、流动的。我们应该让访谈流动起来。

　　李磊：随机而自由。树才兄给了我这片思想驰骋的天空，我还是要认真对待。

　　树才：绘画的全部问题，依我看，是一个"象"的问题。绘画又叫画画。画什么？画画。前一个画是动词，指把一幅画画出来，是总体性的描述；后一个画是名词，是被画的对象，指被画出来的所画之物之人。通常来说，画出来的画如果要成立，要被人认可，那么它应该"画什么像什么"，无论它画的对象是人还是物。这大概就是人们已经习惯的"具象画"。你李磊却专注于"抽象画"，探索"抽象艺术"。所以，我首先想问你，具象中的"象"和抽象中的"象"，究竟有何区别？好比两头大象，都行于大地之上，它们源于何时？来自何方？又将走向何处？

　　李磊：绘画或者叫画画是依视觉而做"象"，发于心而"象"于外。抽象与具象之分是形而下的东西，是表象的区别，究其根本是没有差别的。好比表达一个意思有人说汉语，有人说英语，有人说西班牙语，表面上听当然是语言不同，但是语言学通了，就知道大家说的是一个意思。当然从表面上看，抽象与具象差别是很大的，具象有现实物象的参照，抽象则没有。抽象直接指向视觉的本质，具象的本意则容易被表象所干扰。具象中的"象"重点在于眼中之象，而抽象中的"象"重点在于心中之象。

人类的蒙昧时代认识世界和表现世界应该是简约的、概括的、本质的。随着认识深入，人类表现世界会繁琐、细分，最后被表象所牵引，本末倒置。所以在一个细琐的时代要敢于粗枝大叶，更要善于抓大放小。

抽象作为一种思想方法和表现方法古已有之，而作为一种艺术思潮和流派则发端于20世纪初的欧洲，距今也有一百年了。1912年俄国出生的艺术家康定斯基在德国出版了《论艺术里的精神》标志着抽象艺术作为现代艺术的思潮开始发端。在此前后有许多艺术家都进行了卓有成效的抽象艺术实践，如俄罗斯的马列维奇、瑞士的克利、荷兰的蒙特里安等。有趣的是这些抽象艺术的实验最初都汇聚在德国文化圈，这与德意志文化的思辨性特征不无关系。

第一次世界大战和第二次世界大战使得艺术家颠沛流离，但也促使了新艺术的传播。第二次世界大战后抽象艺术在美国和欧洲蓬勃兴起，逐渐成为艺术表现的主流。20世纪80年代后，抽象艺术的极端化和空洞化也受到了批判，抽象艺术作为潮流逐渐退去，但是作为艺术表现方法和理论依然具有强大的生命力。

在中国，抽象艺术的兴起与20世纪80年代的改革开放和思想解放密不可分。

那时吴冠中先生发表了论形式美和论抽象美的文章，在美术界掀起了关于形式与内容等美学问题的大讨论。讨论的结果是使中国美术家大大地开拓了视野，大大地打开了胸襟。也就是这个时候，中国新一代艺术家开始较多地进入到抽象艺术实践中来。

树才：那我接着问你另一个问题：你同它又是怎样瓜葛上的？迄今为止，你与它的缘分关系究竟走到了哪一步？小到上海，中到中国，大到世界，你能俯瞰性地描述一下抽象画的现状吗？

李磊：我做抽象艺术是很自然的选择，因为我对"心象"有兴趣。

从西方美术史的角度看抽象艺术作为潮流已经过去了，但是作为思想方法和表现方法却已经成为整个艺术生态的组成部分。在中国，我们之所以还在强调抽象艺术正是因为它很弱，了解的人很少，所以要多介绍。以后大家都习以为常了，就不需要特别强调了。

我是1995年左右开始画抽象画的，当时是要画一组关于花的死亡与再生的意象作品，我把象征花瓣的色彩压缩在矩形的平面内，于是抽象的视觉形式就出现了，我将这组画命名为《禅花》。后来我将具有情感指向的绘画继续向纯视觉关系的绘画挤压，这样就真正进入了抽象艺术领域。

确实，在上海从事抽象艺术的人特别多，这里面肯定有原因。这还需要专题研究的。

树才：汉字"象"字，是了不起的。在绘画上，也许应该对这个字做一番穿刺，因为你不光是一个画者，同时也是一位思者。"象"，首先有它的存在性，我们不能指着一个没有云的空间，说"那是云"，因为"那里"没有云，因为"云"是一种可见的、有形的存在，尽管它变幻无穷。具象画让"云"呈现于画面之中，具象画却想让它从万千形状中，既自我呈现又不见其形。这多少有点悖论。你认为"象"的存在性（即形状），真的能够被"抽离出来"吗？抽离之后，"象"还像什么？这里面是否有"形"和"无形"之间的紧张关系？紧张关系肯定来自对立，这种"形和无形"的对立，有可能被"抽象"所超越吗？

李磊：抽象并不神秘，更不神圣。抽象与具象都是心象，是一百步和五十步的关系。云是客观存在的，你投射了意象那云才与你有关系。就如"为赋新词强说愁"，搞艺术就是为发心声强拟形象，心以形象显、以声音显、以味道显，佛说"凡所有象皆是虚妄"，所有没有心意的勾连象是没有意义的。诗歌、音乐都是这样。

19世纪末英国文艺理论家克莱夫·贝尔提出"有意味的形式"理论。当时西方现代主义已经出现，他们都追求艺术形式的不断创新，对艺术形式的重视是普遍的理论倾向。克莱夫·贝尔认为："在各个不同的作品中，线条、色彩以及某种特殊方式组成某种形式或形式间的关系，激起我们审美感情。这种线、色的关系和组合，这些审美的感人形式，我称之为有意味的形式。'有意味的形式'就是一切视觉艺术的共同性质。"基于这种认识，贝尔否定叙述性的艺术品，认为这类作品只具有心理、历史方面的价值，不能从审美上感动人。他尤其称赞原始艺术，认为原始艺术通常不带有叙述性质，看不到精确的再现，只能看到有意味的形式。形式之有意味，是因为形式后面隐藏着物自体和终极实在本身。艺术家的创作目的，就是把握这个"终极实在"，人们不能靠理智和情感来把握这个"实在"，只有在纯形式的直觉中，才能把握它。贝尔的假说对西方现代派艺术产生了深远的影响。

我认为贝尔的观点过于极端，但是"有意味的形式"确实可以作为抽象艺术和其他形式主义艺术的理论基础。

树才：抽象画的境界，也许就是生命的此在自由，或者绝对自由，所以色彩没有边界。但是，颜色终止之处，便是边界，画框之框，已框定自身，所以说，抽象仍然离不开那看似不显形状的象，而且抽象仍呈现为一种色彩画面，它会唤起观者内心或记忆中的各种"象"。也许抽象是非象，是通过否定象来呈现心（象），否则你不会慨叹："画画是画自己的心啊！"抽象艺术能不能理解为是一种"非象艺术"呢？

李磊：您说的是接受美学的问题。这里涉及经验与通感。通常心与象是有同构关系的，这种同构会贯穿视觉、听觉、嗅觉、味觉、触觉等感觉系统，特定的视觉激活相应的心理感受，而这种心理感受也能被某种听觉唤起，这时视觉与听觉就有了通感。您看这个问题多么简单。我画画时就喜欢把音乐放得震耳欲聋，我会沉浸在漫无边际的音乐之中，我的心会随之激荡。音乐激发起我生命的感受，我再将这种感受用色彩固定下来。所以有朋友说我的绘画是凝固的音乐，一点没错。

经验与通感通过直觉体现出来。意大利哲学家克罗齐说："直觉的活动能表现所直觉的形象，才能掌握那些形象。"直觉只有在心灵中才能完成，因为美感经验就是一种聚精会神的心理状态，就是一种物我两忘的审美活动。审美的过程就是直觉的活动，就是将全部注意力集中到美的事物上，甚至忘记了人与物的区分，把整个的心灵全部寄托在美的事物之上了。

所以艺术是要靠创作者和欣赏者共同完成的。创作者编写"程序"，欣赏者使用"程序"，双方都需要训练和学习，更需要敏感的直觉。

树才："一切有为法，如梦幻泡影，如露亦如电，应作如是观。"《金刚经》这么启示我们。李磊兄，我一直认为，在你我的相识相知过程中，有那么一条暗线，或者一种默会，那就是我们都热爱禅宗智慧。你很早就创作了《禅花》这样的系列作品。禅是不可言传的，但又是非以言不传的。抽象之象，正是无象之象，而万象之源是无象，是隐匿于万象之中的虚无。全部的色彩变幻，色调舞蹈，难道不正是围着虚无这堆生命篝火展开的吗？但转瞬之间，虚无就把一切色彩收了回去，让一切归于寂静。绘画正是有为法之一种吧！

李磊：绘画是有为法，一切艺术都是有为法，都是梦幻泡影。但是我们为什么还要做艺术呢？因为艺术属于灵性的东西，比物质接近于心的真实。因此在寻求心灵解放的道路上可以成为运载工具。仅此而已。

《六祖坛经》中有这样的故事。无尽藏尼对六祖慧能说："我研读《涅槃经》多年，却仍有许多不解之处，希望能得到指教。"慧能对她说："我不识字，请你把经读给我听，这样我或许可以帮你解决一些问题。"无尽藏尼笑道："你连字都不识，怎谈得上解释经典呢？"慧能对她说："真理是与文字无关的，真理好像天上的明月，而文字只是指月的手指，手指可以指出明月的所在，但手指并不就是明月，看月也不一定必须透过手指，不是这样吗？"于是无尽藏尼就把经读给了慧能听，慧能一句一句地给她解释，没有一点不合经文的原意。

文字所记载的佛法经文都只是指月的手指，只有佛性才是明月之所在。抽象艺术也是指月的手指，宇宙的真理才是我们要追求的目的。好的艺术可以帮助我们放松、放下，帮助我们指引心性的方向，这是一个作减法的过程，所以抽象艺术的核心是作减法。

树才：作为"有为法"之一种，是不是也得最终把它看空呢？《心经》说"诸法空相"。具象画也好，抽象画也好，我们不得不分，但又必须分而不分，它们互相渗透、彼此包含吧。我们都喜爱韩国大画家明姬的作品，我曾陪她去黄山画画，有一次她非常淡定地跟我说，她画的看上去只是一些线条和色彩，但这些东西不是抽象，而是她直接画出的自然。她是否定抽象和具象之分的。我也隐约觉得，抽象与具象不应该并置，因为两者的体量不同，抽象应该是大于具象的，或者说抽象包含了具象。你也认定，"东西方艺术的本质是一致的"。因为画面中真正动人的，毕竟是生命的活泼泼，是内心的能量，是创造力。色彩本身是物，有其物质性，但色彩自心涌现，则是心灵转化的结果。心能转物，色彩就这样转化成了艺术、意义和精神气质。画作，价格，我想这些都应该看空。看空了，画作仍在，价格仍长，但艺术家的心灵将迎来更广阔的空间，从而更自由地去创作。你同意我这种说法吗？

李磊：您是诗人。我肯定认为诗的心灵空间比小说大。可是很悲哀，在我们这个按字数卖钱的物质社会，诗人是要饿死的。

我曾经这样解释什么是抽象艺术，即"抽掉现象看本质"。"抽掉现象看本质"既是思想方法也是实践方法。正如明姬写生，她看到和表现的不是自然界的花花草草，而是花花草草之间的结构与关系，进而引申为形式与情感的关系。

我也一直保持着对景写生的习惯。有一次我在无锡寄畅园写生，旁边的同学说："李老师，怎么您画出来的东西比真的风景好看？"我说："这是因为我将看到的风景整理过了。我画的不仅仅是眼前的风景，它其实是我心中的风景。在画面上就是点线面的组合，就是通过组合后反映出的情绪。"

树才：我发现，从系列版画《地狱变》《太阳鸟》到系列油画《止观》《我爱小小鸟》，之后是一组被命名为《月亮蛇》的作品，你似乎经历了一个从繁复的形状向简单的形状过渡的过程。你自己也说："在进行《月亮蛇》创作的同时，我一直在探索和实验抽象绘画的创作。"撇开这些作品的艺术构成不说，你能否回顾一下你那个转变阶段的心理历程？

李磊：1980年我上高中，我闭上眼睛就会想："我是什么？我从哪里来？我到哪里去？"现在知道那是生命的终极问题，那时候不知道这个问题的分量，只是傻傻地想。就在那个时期我对民俗和神话特别感兴趣，对神话中的形象也特别痴迷。什么人面蛇身、人面鸟身、人面兽身等等都成为我画中的形象。

虽然我借用了中国神话里的形象，都是我画的都是现实问题。那是我青春勃发的年代，感到自己的身体中有无穷的力量，而且对社会充满了敌意和不满，真是莫名其妙的情绪，但是没有办法，青春期就是这样。

《太阳鸟》就是我的自画像。那是一个桎梏于无形的包裹中的青春，他前冲后突、上蹿下跳却始终无法击破这个桎梏。中国神话中有个盘古开天地的故事。相传天地未开之前宇宙混沌一团，有个叫做盘古的巨人在这个混沌中不断长大，终于有一天混沌包不住盘古的增长爆裂开了，混沌中轻的部分向上飘，逐渐成为蓝天，浊的部分向下沉，逐步成为泥土和大地。盘古站在这天地之间很怕天地再合拢起来还变成以前的样子，他就用手撑住蓝天，双脚顶住大地，让自己的身体每天长高一丈。随着他的身体增长，天每天增高一丈，地每天加厚一丈，这样经过一万八千年，天变得极高，地变得极厚，盘古的身体也变得极长极长，天和地的距离有九万里之遥，盘古的身高也有九万里之长，屹立在天地之间。我画的《太阳鸟》是还没有破茧的盘古，但是你想想盘古真的破茧而出又是多么辛苦。英雄不是常人做的，做英雄是极其不容易的。

您看，我的创作就是关于生命的状态，从有形象的到没有形象的都是在讲述生命的故事。《地狱变》《太阳鸟》《止观》《我爱小小鸟》《月亮蛇》这些借助中国远古神话和佛学修行方法的壳来反映我当时的生命状态。从《禅花》系列开始我以抽象的表现形式来创作，反映的还是我创作当时的生命状态。我说我的艺术是"现实主义"艺术，就是说我反映的是当下的心灵的真实，是"直观的生命体验"。

树才：你把艺术创作概括为"直观的生命体验"，这是很有深意的。在一本题为《诗》的作品集中，你把具象的雕塑和2004年画的《天堂的色彩》系列放在一起。这说明"诗"这个字，早已入你心中。我是去年开始读到你的诗作的。究竟是一种什么样的冲动，或者是一种怎样的兴致，使你在忙碌的工作之余，在勤奋的画画之外，随意放松地写起诗来？

李磊：诗是人类直觉地表达心性最简单的方式。人人都能写诗，当然并不是人人都能写好诗。当我把文字当成色彩和音符的时候，写诗对我来说并不是件困难的事情。刚才说到通感和同构，您看我的诗与画是否具有相同的气质？

当然，写诗或者读诗是需要一些思想的弹跳能力，我们可以称之为想象力。诗的简约文字就像散落在大河里的石磴，我们从这个石磴跳到那个石磴，再跳到下一个，一直跳到河对岸。跳石磴就是写诗或者读诗，其乐趣就在于我们面前并没有一条现实的路，我们必须左张右望寻找出路，一旦望到一点可能，就要跳将过去，很可能会跌到河里。这是多么危险的审美之旅呀！

我的诗绝不是随随便便信手拈来的，我的诗是生命沉积后的绽放，一如火山爆发般地强烈。我的诗数量很少，我很难在没有爆炸般的感受时写诗。

树才： 今年9月20日，你的展览《海上花——李磊抽象艺术展》开幕。在这次展览中，你展示了好几首诗作，表现出一个画家的诗歌态度，这是罕见的。《三月枝头的芽》可以唱成歌，诗里有一种回旋的调子。《都没有根》写的是烟花，但描述之后，另有一番意味。《唱歌可以忘忧》绝对是一首好诗，好在简单，直抵人心。《回乡》有些伤感，又因酒豁达起来。《沉醉于地中海》，可以说是以诗写画，透过"满目黏稠的色彩"，最终是为了"看心"。《一天过去了》有禅意，空灵，那一闪而过的，正是时间的身影。对你来说，文字（你对文字符号非常敏感，所以才写诗）与图画（你创作过版画、油画、雕塑、装置，最终认准了抽象艺术），意味着一种对话关系吗？

李磊： 谢谢树才兄这么认真地读了我的诗，我真是很感动。

惭愧的是我很少读当代人的诗，我会读古人的诗和故人的诗。我读诗除了感受意境外，主要是体会好诗的结构。好的诗和画都有相通的深层结构，这种结构很复杂，无法简单地归纳，但我们可以用心体会。我读过闻一多先生的一本书《回望故园》，这是一本解诗的讲义，非常美，非常真，非常实用，建议艺术爱好者都去读读，对我们理解所有类型的艺术都会有帮助。

其实我的诗与画并不直接关联，但是气质和意境是相通的。我很喜欢贫民诗人周梦蝶的诗，他说"好的诗要有力和美"，我就是按照这个标准写诗。我们读读他的《十月》

就像死亡那样肯定而真实
你躺在这里。十字架上漆着
和相思一般苍白的月色

而蒙面人的马蹄声已远了
这个专以盗梦为活的神偷
他的脸是永远没有褶纹的

风尘和抑郁折磨我的眉发我猛叩着额角。想着
这是十月。所有美好的都已美好过了
甚至夜夜来吊唁的蝶梦也冷了

是的，至少你还有虚无留存

你说。至少你已懂得什么是什么了

是的，没有一种笑是铁打的

甚至眼泪也不是……

树才： 对于诗歌，你的语言态度是放松、自由的，有一份玩耍之心。一旦写诗兴致袭来，你就尽量由着自己，马上就把它写出来，所以你的诗给人简洁、畅快的阅读感觉。我欣赏这种语言态度。依我看，写诗是一种重大的游戏。诗人应该让心灵向语言符号敞开，让语言在表达的词语运动中抵达某种生动，某种妙用，某种节奏，某种内心。我还发觉，你写诗时的心境特别单纯，几乎是用孩子般的天真目光来看世界。总的来说，你的诗歌展现了你内心的抒情部分，呈现出一个画家对世界的另一种理解方式：用文字符号去白描诸多事象，并把个人的观察视角和情感反应糅合进去。

李磊： 写诗应该天真，但不是游戏。我写诗非常认真。我会反复地推敲和修改。相反画画大部分是一气呵成的。

树才： 马蒂斯说："色彩的选择不是基于科学，我运用色彩没有先入之见，色彩完全本能地向我涌来。"他还说："色彩的目的，是表达画家的需要，不是看事物的需要。"这是对色彩的透彻领悟。我觉得也可以用来解释你抽象艺术中的"色彩"构成。我觉得，色彩既是自然的、甚至生理的，又是神秘的、不可思议的，它似乎与人类的内心有某种对应关系。我经常看闭目之后的色彩世界，每一次都不一样，它并不是黑暗，而是黄色居多，其他则是闪耀不定的过渡色。由此我明白，色彩无限。你的色彩，比如《海上花》的那些作品，偏于强烈和鲜明，仿佛一大片舞蹈着的火海，也许它们对应于你内心深处的狂放和炽烈？

李磊： 马蒂斯说得对，他是主观型艺术家，我就是如此，画画时色彩会自己生发出来，汹涌而至，不可阻挡。当然主观型艺术家有很大的局限，灵感之后会出现空洞。我在创作方法上虽然主观，但是在生活积累上却是非常客观，我把充满压力的工作作为修炼心性的动力，我不断观摩中外前辈大师的作品，我保持写生和画随笔的习惯。这些方法使我始终保持心灵的敏感和方法的多样。

有人认为我的艺术一直在变，不成熟。其实他们哪里晓得不成熟正是生命的活力所在。

树才： 波德莱尔在《现代生活的画家》（1863）一文中这样定义现代性："现代性就是过渡、短暂、偶然，就是艺术的另一半，另一半就是永恒和不变。"可见，"偶然"和"永恒"是交织在人类的艺术活动中的，当然可以具体到每一位艺术家。那么，在由历史力量影响下构成的"传统"和"现代"之间，你有过纠结和痛苦吗？你显然选择了"现代"。中国人习惯于欣赏"具象艺术"，至多强调一下"象外之意"或"大象无形"，但这些都是基于"象"来说的，而抽象艺术干脆抛开了"象"，它无象可象，或者说它直接就扑向纯粹之意，对观者来说，这无疑是一个挑战。朝未来看，我想问你，抽象艺术在中国的前景如何？

李磊： 很多理论家讲"现代性"讲"当代性"，其实哪有那么多"性"？让我说，只有一个"性"，就是"人性"。你把"人性"把握了，艺术的价值就存在了。古今中外莫不如此。当然理论家有他们的治学方法，那是为了总结和上课，我们可以不受干扰。

波德莱尔说的对，艺术一半是当下的，一半是永恒的。事实上任何艺术都不可能脱离当下社会和认识的制约，因为有了这个制约才有了艺术的时代性。然而艺术家若不能切入永恒的那一半，就不能超越当下，就不可能成为伟大的艺术家。永恒的那部分就是我们要寻求的真理。

中国文化讲求中庸，传统的审美趣味对于形象的要求是在似与不似之间。从文化理念来说，其实更趋近于抽象。因为宋元以下的绘画的功能是抒情与载道，并不是为绘画而绘画。明末清初董其昌、"四王"更是将笔墨抽象为精神追求的载体，其道理是与抽象艺术的追求相通的。

树才：我现在每天都读"李磊抽象艺术工作室"发布的"众人评《海上花》"。这种形式很好。那些短文让我对你的抽象艺术有了更多的理解。有人说这些画有"卓越的色彩感"，有人形容是"近乎沸腾的油彩"，也有一位学生的质疑。批评家李旭断言"李磊的抽象世界是充满诗意的"，策展人鲁虹指出你的"作品具有即兴的、自发的、动感的、独特和自由的特点"，厚佛居士认为"李磊的画是直接画在画布上的残留，是没有间隙的色彩表达"……这些话都是见地之言。还是一个叫程一的学生，感觉也很准，说你的画"涌动的色彩汇聚相容，分解，似乎以一种深谙其道的方式自然流淌着"。我想，你真正深谙的一定是你生命的律动方式。当你把内心激情泼洒到画布上去时，这是一种基于经验之上的率性而为吗？

李磊：创作的源动力是灵性和激情，但是要画好一件作品还是要有方法的。伟大的艺术家都有自己独特的表现语言和方法，这是比较复杂也比较技术性的问题，要讨论可以是三年的课程。

王国维先生在《人间词话》开篇就说："词以境界为最上。有境界则自成高格，自有名句。"画画也一样，有境界自成高格，自然感动人。我在艺术创作上对自己有三个要求："气韵沉雄、温柔敦厚、艳而不妖"。我画的不仅仅是个人的激情，我画的人类的悲情；我画的是历史的沧桑；我画的是生命的回归。我从个人的感受入手，画的都是人类面临的重大问题。中国文化传统中苏东坡、辛弃疾有这样的情怀，但在历史的长河中显得不够强劲。

树才：有人说《海上花》是一部史诗。这有道理。你有叙述的天才，偏爱白描这种叙述方式。你把最近写下的一些诗统称为"小小说"，这很有趣。它们折射出你对现实世界和热点事件的反应能力。有一首《金山和尚敲木鱼》，我很喜欢。在写作上，我相信你会由着自己，走向更远处、更自由处。因为关于诗的精神，第一是自由，第二是自由，第三仍是自由！自由了，也就放松了；放松了，也就空无了；空无之时，诗句自己就来找你。

李磊：我自己说我的《海上花》是一部史诗，绝不是花花草草的东西。因为《海上花》讲的是灿烂转向糜烂的一刹那，是当今人类共同面临的困境和危机，是大的时代背景下所折射出的个人感受。我最近开始创作新的系列《庞贝的焰火》依然是一部史诗。

我们的创作需要反映大时代、大冲突、大悲剧。唯有悲剧才能唤醒人类的良知，激发人类的智慧。中国在传统上缺少这样的东西。

树才：阿拉伯大诗人阿多尼斯也画画，曾送给我一张粘着一支玫瑰花的拼贴画。象，极端地说，就是形状吧。关于形状，阿多尼斯曾说："宇宙最终是没有形状的。形状没有历史。"这两句话，对我有震撼。这次因为要同你做访谈，我看了你大量的作品和文字。阿多尼斯的话，有助于我理解你"抽象艺术"这种说法。抽象，意在整个宇宙的无限吧，意在整个生命的神秘虚无和形状万有吧。

李磊：真理只有一个，有人说出了真理，我们就顺从他。

树才：今年的10月8日，是你的五十岁生日。为此，你写了一篇短文《写给50岁的自己》，里面有回顾、总结、感悟和展望。你谦虚地写到，自己尚未完全知"天命"。我想，你五十年的生命历程和三十年的艺术探索，已经向世人表明你的"天命"：让生命和艺术互相促成。你在生命过程中做一种叫"抽象画"的艺术，你又通过做"抽象画"这个艺术过程，去经历一个叫李磊的艺术家的活生生的生命。生命和艺术，在你身上是互为条件、彼此促成的。这是我对你的"天命"的理解。

李磊：我现在开始准备随时死去，死去时不要有遗憾和牵挂。这个很难。但需要学习和修炼。

现在人生基本的道理都明白了，但是还做不到顺天而行。福报和修养都不够，所以更要好好地学习和修炼。

特别说明一下，学习不是读博士，修炼不是闭关打坐。学习是要设法看到真正的宇宙，修炼是要于束缚中融化自我。

树才：在短文中，你还写到一只小猫（因为它当时正睡在你的脚边），它是你儿子拣来的"一个流浪的生命"，开始时它恐惧"同人类的接触"，现在同你们"如家人一般"，你由此感叹"生命的交流需要平等与善意"。读到这一段，我内心很感动。艺术和生命之间，艺术家和艺术家之间，艺术家和观众之间，其实也应该如此。这种"平等和善意"的识见，透露出你对"理解"的巨大期待，我认为这是一种民主精神，在当今中国这是最稀缺的一种精神资源。艺术家的一切艺术努力，都是为了"通过艺术并在艺术中"逐渐达成某种"自我理解"。

李磊：平等是宇宙的本质。在人的这个时空是做不到的。我们这个世界因为有差别才有众生，有差别才有情感，有差别才有艺术。如果心性真的平等了，我们就是一体，生命的方式就是另外的样子了。

以前我写过一篇文章叫做《不要打死蚊子》，大意是讲蚊子是要繁衍才来叮咬，本身并无意冒犯我们，我们若以善意、容忍和施舍的心情对待蚊子，它也许会回报你的善意。

现在我不这么认为了。我现在认为不打死蚊子就是你的本分，与蚊子并没有关系。你的善意使你自己的心性豁达了，自我解放了，自我解脱了，这就是自己的收获。

树才：在短文的结尾，你这样勉励自己："从50岁开始，再活一次。"这是很豪迈的。可见，你对时间的流逝，既敏感又无畏。是啊，人的一生，无非生老病死，星云大师却把它倒过来，说成"死老病生"，这就是说，在被一个"苦"字浸透的有情人生中，一个人完全可以"向死而生"！象象关联，念念相续，生生不已，抽象艺术于你，大约也是修行的一个法门吧！至于赠给你的那只"钵"，它有隐喻意义，钵本身是空的，正是为了呈现空，它才显形。空了，才能再满一次。

李磊：我在《海上花》展览中引用了《心经》的话语"色即是空，空即是色，受想行识亦复如是"，以及《金刚经》中的话语"一切有为法，如梦幻泡影，如露亦如电，应作如是观"。

生命之于人是一次学习、反省、修行和超越的机会，要把握好真不容易。

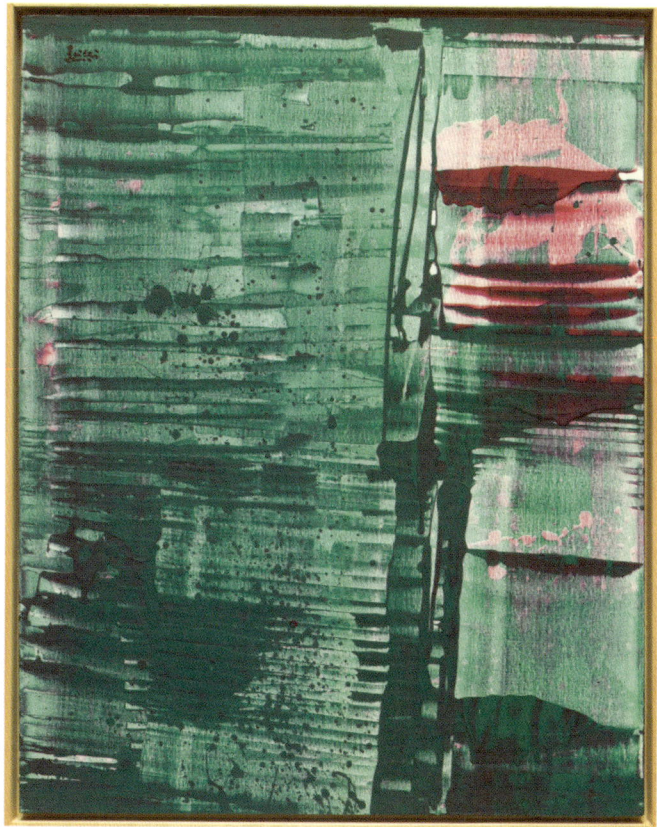

李磊　楼高人远天如水之一

布上丙烯　100×80cm　2007

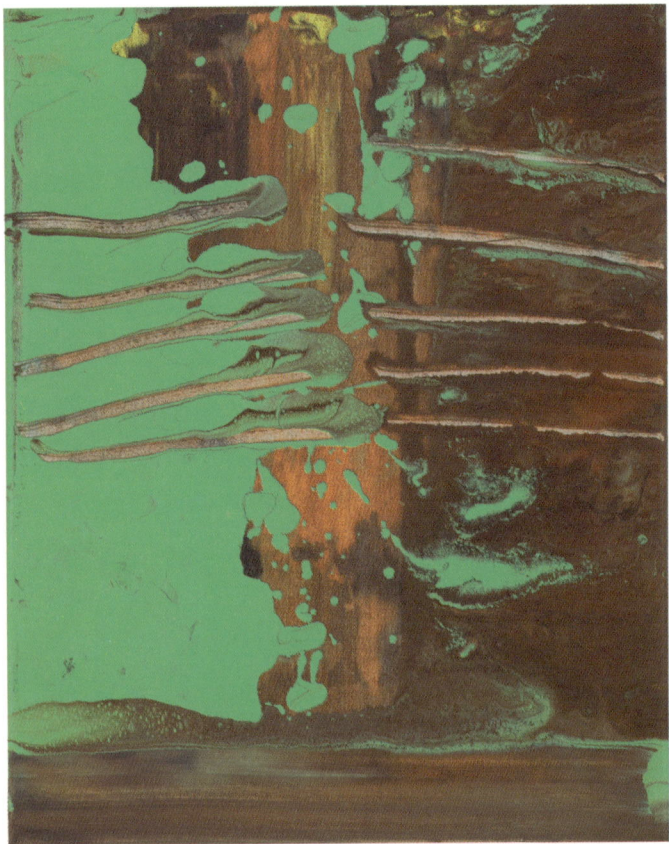

李磊　那片昨天的海6
布上丙烯　50×40cm　2014

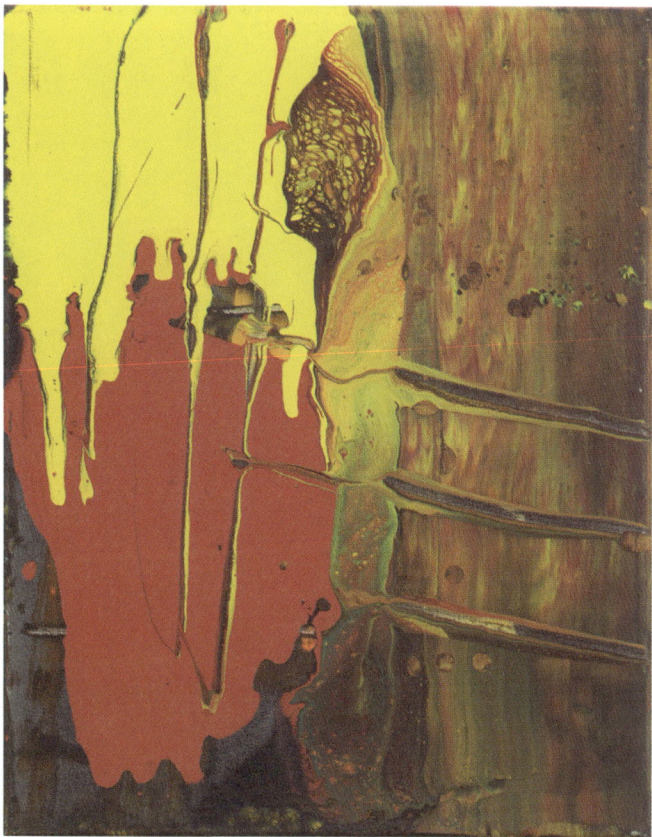

李磊　那片昨天的海7
布上丙烯　50×40cm　2014

李磊　庞贝的焰火7
布上丙烯　80×100cm　2014

李磊　庞贝的焰火19
布上丙烯　50×40cm　2015

李磊　桃之夭夭1
布上丙烯
100×80cm　2015

李磊　雨后

布上丙烯　180×150cm　2006

李磊　子夜听蝉之一
布上丙烯
100×80cm　2007